莫泊桑
短篇小说精选

[法]居伊·德·莫泊桑 著
张玫瑰 张泉 译

江苏凤凰文艺出版社
JIANGSU PHOENIX LITERATURE AND ART PUBLISHING

图书在版编目（CIP）数据

莫泊桑短篇小说精选 /（法）居伊·德·莫泊桑著；张玫瑰，张泉译．— 南京：江苏凤凰文艺出版社，2025. 4. -- ISBN 978-7-5594-9498-6

Ⅰ. I565.44

中国国家版本馆 CIP 数据核字第 2025NY6941 号

莫泊桑短篇小说精选

(法)居伊·德·莫泊桑 著 张玫瑰 张 泉 译

责任编辑 周颖若
特约编辑 范 娟
封面设计 呦鹿 1015838109@qq.com · 永有熊
出版发行 江苏凤凰文艺出版社
南京市中央路 165 号，邮编：210009
网　　址 http://www.jswenyi.com
印　　刷 三河市嘉科万达彩色印刷有限公司
开　　本 880mm × 1230mm 1/32
印　　张 7.75
字　　数 135 千字
版　　次 2025 年 4 月第 1 版
印　　次 2025 年 4 月第 1 次印刷
书　　号 ISBN 978-7-5594-9498-6
定　　价 59.80 元

人性之镜，永恒之光

——莫泊桑作品的当代意义

★

“她用尽全力忍住愤怒，但最后还是站了起来，对那个高高在上的德国军官说：‘绝不！绝不！绝不！’”

第一次读《羊脂球》时，我记得自己捧着书，目不转睛地盯着这个场景，心脏像被一只无形的手攥住。那一瞬间，我甚至感觉自己就是那车厢里的一名乘客，屏住呼吸，等待接下来将发生什么。

莫泊桑是这样一个作家，文字凝练传神，几句话就能把你带进故事里，让你与主人公融为一体。

他笔下的“羊脂球”是一位被同行者鄙视、利用、抛弃的妓女。她的善良与牺牲，最终换来的却是彻头彻尾的冷漠。读到故事的结尾，你甚至会觉得不是羊脂球一个人，而是所有人都输给了自己的虚伪与伪善。那种刺入灵魂的钝痛，久久无法散去。

这就是莫泊桑作品的力量。他并不刻意放大情节的戏剧性，却总能以微妙的方式击中人心。他的故事像是一面镜子，映照出人性的复杂与脆弱，重要的是，他的故事，到今天依旧不过时。当我读到羊脂球说出那句坚定的“绝不”时，我忽然意识到，这不仅仅是她对德国军官的抗拒，更是一种对人性中卑劣的无声控诉。

莫泊桑的故事看似平淡无奇，却总能在不经意间给你一个重击，让你猝不及防地面对人性最隐秘的角落。

第一次读他的书时我还年轻，那时我在新东方当老师，每天都很累，读书大多是为了逃避现实，追求一种理想化的美好。当时我想读一些温暖的故事，希望能够短暂地逃离痛苦的世界，然而莫泊桑的故事却让我无法逃避。

他让我看到的不是理想，而是真实——那些被包裹在礼节和面具之下的虚伪与冷漠。虽然这些文字并没有让我的内心感到舒服，但我的精神内核却在这个过程中慢慢发芽。

记得有一天晚上，我熬夜读完了《项链》。书中的玛蒂尔德误以为自己借来的项链是价值连城的珍宝，于是倾尽十年的青春偿还“债务”，最后却发现项链不过是廉价的假货。其实小时候我也读过这篇文章，但成年后再读，完全是不一样的感受。读完合上书的那一刻，我坐在床边发呆了许久，仿佛有什么东西在内心深处塌陷了。这不是普通的感伤，而是对生活的一种重新理解——我们总是执迷于那些光鲜亮丽的外壳，却忽略了真正重要的东西。

那一晚，我第一次意识到，文学的力量并不仅仅在于提供慰藉和娱乐，更在于启迪和反省。

后来，我又陆续读了他的《我的叔叔于勒》《西蒙的爸爸》和《一个农场女佣的故事》。我逐渐发现，莫泊桑真正吸引我的，并不仅仅是他的故事情节设计或文字魅力，而是他对人性的洞察力。

后来我写小说的时候，也经常会重新看他的作品。在他的作品里，每一个人都是真实的，甚至是复杂的。他不试图美化谁，也不刻意去抹黑谁。无论是羊脂球这样被社会抛弃的小人物，还是《我的叔叔于勒》中那些为了钱而变得冷漠的家庭成员，都带着某种令人熟悉的特质。这些人好像就是我们的邻居、朋友，我们的三姑六婆。他们的喜怒哀乐，甚至他们的错误与丑陋，都是我们自己或身边人的缩影。

初读莫泊桑的作品时，我对文学的认知还很狭隘，认为这些作品更多是关于美的追求，而在深入了解他的作品之后，我逐渐明白，真正伟大的文学并不仅仅是描绘美好的事物，而是去揭露那些隐藏在生活表象下的真相。这也是我开始写小说的原因，因为文学不能粉饰太平，更不能只描写美好，那是对文学的侮辱。

莫泊桑让我开始重新审视自己的生活：在面对困境时，我是否也曾像《羊脂球》中的乘客一样，选择了沉默和冷漠？在追求成功时，我是否也像《项链》中的玛蒂尔德一样，被虚荣蒙蔽了双眼？

文学的意义在于让我们在现实的泥泞中，看清自己的模样，也找到继续前行的力量。

每次重读莫泊桑，我都能发现新的细节、新的感悟。他的文字提醒着我：真实的生活从来不完美，但正因为有了这些不完美，我们才更能看清生命的美好与意义。

莫泊桑的世界像一场梦，真实而残酷，但又充满了诗意。

莫泊桑于1850年出生在法国诺曼底地区，那是一个充满动荡的时代。普法战争的阴影笼罩着他的青年时期，而这场战争对他的影响无疑是深远的。在《羊脂球》和《图瓦》等作品中，战争不仅仅是一种背景，更是塑造人物命运的关键。他的故事里，有被敌军羞辱的女性，有在战火中挣扎求生的小人物，也有那些道貌岸然却冷酷无情的“上层人士”。

他总是能够在个人与时代之间找到一种微妙的连接点，将社会的伤痕和人性的挣扎刻画得淋漓尽致。

莫泊桑的文学旅程离不开他的恩师福楼拜。在福楼拜的指导下，莫泊桑深入学习了现实主义的创作手法。他曾经这样描述福楼拜对自己的教育：“他教会了我如何观察，而不是仅仅看见。”

从此，莫泊桑开始用敏锐的目光捕捉生活中的每一个细节。他不是一个抽象的哲学家，而是一个现实的记录者。他擅长从平凡的生活中提炼出不平凡的故事，将一个个看似微不足道的瞬间，转化为深刻的文学作品。

例如在《项链》中，玛蒂尔德的悲剧并非源于她的恶行，而是源于她无法抗拒的虚荣心。这种虚荣心并非她一个人的特质，而是当时女性地位与价值的缩影。通过一个小人物的故事，莫泊桑揭示了整个社会的病态与偏见。

莫泊桑被认为是现实主义文学的集大成者，因为他从不回避社会的丑陋与人性的阴暗。他的笔触冷静、克制，但其中蕴含的力量却是巨大的。他写虚伪的上流社会，写被压迫的底层百姓，也写那些在生活中苟且偷生却依然拥有尊严的人。

然而，他的现实主义并不意味着绝对的冷酷。莫泊桑的故事中，总有一些温暖与人性光辉的闪现。例如在《西蒙的爸爸》中，他用一个孩子的视角去描绘父爱的缺失与弥补。

这种情感的流露让他的作品不仅真实，还多了一层令人动容的力量。

或许正是因为他对生活细致入微的观察，他的作品才如此具有穿透力。他通过短篇小说这种简练的文学形式，将人性的复杂性展现得淋漓尽致。每一个故事都像一根小小的针，精准地刺中社会的病灶。

例如，《我的叔叔于勒》讲述了一个家庭因家人金钱观念不同而破裂的故事，表面上是一个笑话，背后却是对人性冷漠的深刻批判。而《一个农场女佣的故事》则通过一位底层女性的命运，揭示了当时社会对弱势群体的压迫。

后世很多作家都受他的影响，无论是契诃夫还是海明威，都在他的影响下形成了各自独特的写作风格。当然，其中还有默默无名的我。

为什么在当代依然需要阅读莫泊桑的作品？

1. 它揭示了人性永恒的真相

我曾经写过一本书叫《人性博弈》，这是我对人性这个词最深刻的理解。这也是我读完莫泊桑的作品之后的启发。莫泊桑的作品穿越时间的洪流，依然能够引起读者的共鸣，是因为他笔下的人性不仅属于 19 世纪的法国，更属于每一个时代。他写虚荣、伪善、冷漠、善良、救赎，这些特质在现代社会中依然存在。比如，在《羊脂球》中，莫泊桑讲述了一位善良的妓女羊脂球为了让一群旅客脱困，甘愿牺牲自己的尊严，但最终却被这些受益者冷漠地抛弃的故事。阅读《羊脂球》时，我们看到的不是简单的善与恶，而是复杂的人性冲突，这种冲突在任何时代都看得到。

2. 它帮助我们理解社会的运转

莫泊桑的短篇小说如社会切片，展现了不同阶层在权力、财富、道德之间的纠葛。他用精准的笔触写出底层女性的困苦，如《一个农场女佣的故事》，女佣萝丝因被抛弃而独自抚养孩子，经历了命运的种种折磨；揭示金钱如何塑造家庭关系，如《我的叔叔于勒》，一家人原本轻视贫困的叔叔，却在得知他“发财”后立刻改变态度，最终却发现他仍是一名穷苦的服务员；批判战争带来的伦理与人性扭曲，如《羊脂球》。这些作品不仅让我们看到历史中的社会不平等，也让我们反思今天依然存在的阶级与性别议题。

3. 它提供了深刻的情感体验

莫泊桑的故事既能让人捧腹大笑，又能令人泪流满面。他既能通过讽刺揭露社会的荒诞，也能用温情治愈受伤的心灵。例如，《西蒙的爸爸》讲述了一个没有父亲的男孩，因被嘲笑而自卑，在一位善良工人的帮助下，他重新找回了尊严与希望。这篇故事既展示了社会的偏见，又让读者感受到爱与接纳的力量。而在《散步》中，莫泊桑描写了一位常年寡居的中年男人，于一次散步途中，从希望走向绝望，最终孤独地走向生命的终点。这种情感的冲击让我们意识到，爱与陪伴是生活中不可或缺的部分。

4. 它激发了我们对个人选择的反思

莫泊桑的故事往往以小人物的命运展开，但这些看似微不足道的选择背后，却总是暗藏深刻的道德与社会议题。例如，在《项链》中，女主人公玛蒂尔德借了一条“名贵”的项链出席舞会，结果因丢失项链而耗费十年青春还债，最终却发现项链只是廉价的假货。这个故事讽刺了虚荣心的荒谬与盲目追求外在的代价。通过这样的故事，莫泊桑引导读者反思：在面对诱惑与困境时，什么样的选择才能带来真正的幸福与成长？

5. 它培养了我们对生命的感悟力

莫泊桑从不逃避生活的阴暗面，但他却以平静而冷峻的笔调书写人生。他没有英雄主义的呐喊，也没有过多煽情的表达，但他的作品却充满了生命的张力。例如，《剥皮的手》借一个怪诞的标本，讲述了一段关于复仇与恐惧的离奇故事。这篇小说既让人毛骨悚然，又让人反思罪恶与人性的阴暗面。而在《小酒桶》中，一个生意人为了夺得一位老妇人的土地，步步为营，甚至不惜牺牲老妇人的性命。莫泊桑以这些短小精悍的故事，提醒读者：欲望的终点往往是空虚，而真正的满足源于内心的平和与真实。

6. 它是短篇小说的典范

在一个信息过载的时代，阅读短篇小说成为许多人重拾文学的最佳方式。而莫泊桑正是短篇小说的集大成者。他的语言简练、情节紧凑、结尾往往令人拍案叫绝，是短篇文学的典范。例如，《图瓦》讲述了一名士兵在战火中短暂而悲剧的爱情故事，情节简单却感人至深。无论是想感受语言之美，还是想学习写作技巧，莫泊桑的作品都是不可或缺的经典。直到今天，只要有人问我，尚龙，能不能推荐一本书教我们写短篇小说，我推荐的第一个人就是莫泊桑，当然，第二个人是契诃夫。

7. 它为我们提供了一面镜子

莫泊桑的作品不仅是文学的瑰宝，更是社会与人性的镜子。它让我们在阅读他人的故事时，反思自己的生活：在追逐成功时，我们是否也曾像玛蒂尔德一样迷失方向？在面对道德困境时，我们是否也曾像羊脂球的同行者一样冷漠？通过这些镜像，我们能更好地审视自己的内心，寻找生命的真实。

8. 它唤醒了人们对文学的热爱

莫泊桑的作品既深刻又易读，适合任何层次的读者。从中学生到成年的文学爱好者，每个人都能在他的故事里找到自己喜爱的一面。它是我们进入经典文学世界的绝佳入口，也是在繁忙生活中重拾阅读热情的良伴。文学是生活的解药，当你发现生活过得一塌糊涂的时候，只有文学可以把你带到生活的庇护所，就像我第一次读莫泊桑的作品时，那时我处于生活的低谷，但是好在有文学，能让我短暂逃离，休整片刻，继续战斗。

总结

在今天这个高度现代化、快速变迁的社会中，莫泊桑的作品以永恒的主题、精妙的叙事与强烈的情感力量，继续为读者提供思想与情感的滋养。阅读莫泊桑的作品，不仅是在阅读一个伟大的作家，更是在重新理解自己与世界的关系。他的作品告诉我们：人性虽复杂，但正因为如此，我们才能从中找到真正的意义与美好。

所以，在当今这个时代，我们依然需要莫泊桑。他教会我们看透表象直达本质，理解生活的复杂性，同时用真实的情感和思想为我们提供滋养。他的作品提醒我们：无论科技如何进步，人性始终是社会的核心；无论时代如何变迁，文学依然是人类心灵的避风港。

阅读莫泊桑的作品，不仅是在欣赏经典文学，更是在与自己对话。他的故事像一面镜子，映照出我们的脆弱与力量，让我们在充满挑战的现实中，找到生活的意义与继续前行的勇气。祝大家阅读愉快。

目　录

散步

当拉布兹公司的记账员莱拉斯老人离开商店时，他在落日的余晖中站了一会儿，被晃得睁不开眼睛。

他已经在商店后面一个像井一样深的狭窄小屋里，就着一盏小小的煤气灯发出的黄色灯光工作了一整天。他在那间小屋子里度过了四十年的时光，屋子里漆黑一片，即使在盛夏，从十一点到三点，如果没有煤气灯，人们也几乎看不见东西。

这里总是又潮湿又阴冷，后面的小屋不断散发出的难闻的气味涌进窗户，因此屋子里总是充满着下水道的霉味。

四十年来，莱拉斯先生每天早上八点钟就来到这所“监狱”，一直待到晚上七点钟，他伏案疾书，像一个优秀的书记员一样勤奋地记录着。

刚开始时他只能挣一千五百法郎，而他现在每年能挣三千法郎了。他一直没娶媳妇，因为他的收入无法负担这笔奢侈的开支。而且他从来没有享受过什么东西，因此也不奢求什么。然而，有时他也会厌倦这种漫长而单调的工作，产生了一种柏拉图式的奢望：“天哪！如果我有一万五千法郎的年收入，那我就可以轻松地生活了。”

事实上，他的生活从来都不轻松，因为除了每月的工资，他什么都没有。他的生活平淡无奇，没有情感，没有希望。每个人都有梦想的能力，但那在他平庸的志向中从未得到发展。

他从二十一岁起就进入了拉布兹公司，直到现在也未曾离开。

1856 年，他的父亲去世了。1859 年，他的母亲也去世了。从那以后，他一生中唯一的一次大事件就是 1868 那年的搬家，因为他的房东要给他涨房租。

每天早上六点钟，他的闹钟都会发出嘎吱嘎吱的铁链般的声音，让他准时从床上爬起来。

然而，这台闹钟失灵过两次，一次是在 1866 年，另一次是在 1874 年，他一直找不到故障的原因。他需要穿衣、铺床、打扫房间、擦椅子和书桌上的灰尘。所有这些活计得花上他一个半小时。

然后他就会出门，在拉胡尔面包店买一个面包卷，这是他上班路上的早餐，那家面包店的招牌从未改变过，但他已经见过了十一个不同的老板。

他的一生都是在这间狭窄阴暗的办公室里度过的，办公室的墙壁上还贴着同一种墙纸。他年轻时就进去工作了，当时是做布鲁门特先生的助手，他的愿望是取代布鲁门特先生。

在他取代了布鲁门特先生之后，他便别无所求了。

别人在一生中所收获的种种回忆，那些意外的事件，甜蜜的或悲惨的爱情，充满冒险的旅行，自由生活的种种经历，他对这一切都一无所知。每一日、每一周、每一月、每一季、每一年，对他来说都是一样的。他每天都在同一时间起床，出门，到办公室，吃午饭，下班，吃晚饭，上床睡觉，这些事情循环往复，从来没有中断过，也没有什么能打破这种单调。

以前，他经常对着前任留下的小圆镜照自己的金色胡子和波浪卷发。现在，每天晚上下班前，他都要照照镜子，看看自己的白胡子和光头。四十年过去了，漫长而匆忙，凄凉得仿佛只有一天时间似的，又好像一个难挨的不眠之夜。四十年间，自从他的父母去世后，什么都没有留下，没有记忆，甚至没有不幸。什么都没有了。

这一天，莱拉斯先生站在公司的门边，夕阳的余晖让他恍惚。这次他没有回家，而是决定在晚饭前散散步。这种兴致他每年只有四五次。

他来到林荫大道上，绿树下人流如织。这是一个春天的傍晚，一个温暖宜人的傍晚，一个充满生命喜悦的傍晚。

莱拉斯先生迈着他老人家的小碎步走着，他的心中充满喜悦与平和。他走到了香榭丽舍大街，接着往前走，看到了年轻人小跑的身影，这种青春气息让他的心情愉悦极了。

整个天空一片火红，凯旋门在地平线绚丽的背景中格外显眼，就像一个被火焰包围的巨人。当他走近这座巨大的纪念碑时，老账房先生感觉有些饿了，于是他走进了一家酒店去吃饭。

有人招呼他在店门口的人行道上的座位上坐下，并为他提供了饭菜，包括羊肉、沙拉和芦笋。这是莱拉斯先生很久以来吃过的最好的一餐。他用一小瓶勃艮第葡萄酒配着奶酪，餐后喝了一杯他很少喝的咖啡，最后又喝了一小杯白兰地。

付完钱后，他觉得自己变得年轻了，充满了活力，甚至有点儿感动。他对自己说："多么美好的夜晚啊！我要继续散步，一直走到布洛涅森林的入口。这对我是很有益处的。"

他又出发了。一个邻居经常唱的一首老曲子在他脑海中回荡。他一遍又一遍地哼唱着。巴黎迎来了一个炎热而寂静的夜晚。莱拉斯先生走在布洛涅大道上，看着一辆辆马车驶过。马车上闪着耀眼的灯光，一前一后地驶过，让人可以瞥见里面的情侣，女士们穿着浅色连衣裙，男士们穿着黑色的西服。

在璀璨又带点灼热气息的星空下，由恋人们组成的长队伍浩浩荡荡地接踵而至。他们在马车里紧紧相拥，沉默不语，沉浸在梦境中，沉浸在欲望的冲动中，沉浸在对即将到来的拥抱的期待中。温暖的影子仿佛充满了浮动的、飘飞起来的吻。空气中弥漫着温柔的气息。所有这些满载着温柔的情侣的车厢，所有这些沉醉于同一个想法、同一个念头的人们，似乎都在散发着一种令人不安的撩人心弦的微妙气息。

最后，莱拉斯先生走得有点累了，他坐在一条长凳上，望着这些载着爱情的马车经过。就在这时，一个女人走到他面前，在他旁边坐了下来。“晚上好啊，老先生。”她说。

他没有搭理她。

她又说：“亲爱的，让我来爱你吧；你会发现我是很讨喜的。”

他回答说：“夫人，您误会了。”

她挽着他的胳膊说：“走吧，别装傻了，听着……”

他起身走开，心中充满压抑。走了几步远，另一个女人又走过来问他：“你不在我身边坐下吗？”

他说：“你为什么要过这种生活？”

她站在他面前，用改变了的嘶哑而愤怒的声音喊道：

“反正不是为了好玩儿！”

他用温和的声音坚持问：“那是为什么让你不得不这么做？”

她抱怨道：“我必须得活下去！真是愚蠢的问题！”

然后她哼着歌走了。

莱拉斯先生不知所措地站在那里。其他女人又从他身边经过，对他说着话，然后邀请着他。他觉得自己好像被什么讨厌的东西笼罩在黑暗之中。

于是他又在一张长椅上坐了下来，马车仍在不停地驶过。他想："我真不该来这里，我感到很不舒服。"他开始思考眼前所有这些或卑微或热烈的爱情，想起所有这些在他面前流逝的或出售或给予的吻。爱情！他几乎不了解爱情。他的一生中，只认识过两三个女人，他的经济条件迫使他过着平淡的生活。他回首往事，发现自己的生活与其他人是如此不同，它如此沉闷，如此悲哀，如此空虚。

世上的有些人真的很不幸。突然间，他的眼前仿佛被撕开了一层面纱，他看到了无限的苦难，看到了生活的单调：过去、现在和未来的苦难；他在世上的最后一天与他的第一天如此相似，他的面前、身后、周围一无所有，在他的心中或任何地方都一无所有。

川流不息的马车仍在驶过。他总能看到马车中两个默默相爱的人迅速地出现又消失。在他看来，整个人类似乎都在他面前徘徊，沉醉在喜悦、快乐和幸福之中。只有他一个人在旁边孤独地看着。明天，他将再次孤独，永远孤独，比世界上的任何人都孤独。他站起身来，走了几步，突然感到像长途跋涉后一样疲惫，于是他再次在旁边的长椅上坐了下来。

他在等待什么？他在期待什么？什么都没有。他在想，当人到了晚年，回到家里，发现孩子们在身边，该是多么惬意的一件事。你给了他们生命，他们围绕在你身边，爱你，抚摸你，告诉你天真、迷人的事情，这些小事温暖着你的心，使你的一切得到慰藉。他又想到自己那间空荡荡的房间，整洁而凄凉，除了他自己，没有人进去过，一股痛苦涌上心头。在他看来，他的卧室甚至比他的小办公室还要悲凉。没有人来过那里，也没有人在那里说过话。那里死气沉沉，寂静无声，没有人声的回响。墙壁似乎会保留房主的一些东西，保留了他们的举止、面容和声音。所以幸福家庭的房子比不幸家庭的房子更快乐。他的房间和他的生活一样，没有回忆。一想到要独自回到这个地方，回到自己的床上，每天晚上再次重复昨天的所有动作，他就感到恐惧。似乎是为了逃离那个阴暗的家，也为了避免再次回到这个家，他站起身，沿着一条小路走到一个茂密的角落，在草地上坐了下来。

在他的周围，他的头顶，每一个地方，他都听到了持续不断、巨大而混乱的隆隆声，由无数不同的声音组成，它是一种模糊而悸动的生命脉搏：那是巴黎的生命气息，像巨人一样呼吸着。

太阳已经升得很高了，阳光洒满了布洛涅森林。几辆马车开始驶来，人们悠闲地骑在马背上。

一对夫妇正穿过一条无人的小巷。

突然，年轻女子抬起眼睛，看到树枝上有一个棕色的东西。她又惊又急，举起手惊呼道：“快看，那是什么？”

然后，她尖叫着倒在了丈夫的怀里，丈夫不得不把她放到地上。

接到报警的警察赶来砍断了老人用于上吊自杀的背带。

检查结果表明，他死于前一天晚上。从他身上找到的文件显示，他是拉布兹公司的记账员，名叫莱拉斯。

他的死因是自杀，其动机无法揣测。也许是突然发疯！

雨伞

奥莱依夫人是个非常节约的女人，她知道一分钱也很珍贵，她有一整套严格的规则来累积财富，所以她的女仆很难揩下所谓的“小费”，就连她的丈夫也几乎没有零花钱。不过，他们的日子过得很舒服，也没有孩子。但奥莱依太太一看到钱被花出去，心里就相当难受。当她看到白花花的钱币从口袋里流出时，她的心脏就像在被撕扯一样痛苦至极；每当她不得不支付一大笔款项时，不管这笔开支多么有必要，那天晚上她都会彻夜难眠。

奥莱依不断地对妻子说：“你可能真的需要更大方一点儿，因为我们没有孩子，也从不乱花钱。”

“谁也不知道会发生什么，”她总是这样回答，“钱多总要比钱少好。”

她是一个四十岁左右的小个子女人，非常活泼，性格比较急躁，脸上有些皱纹但很爱干净，动不动就发脾气。

她的丈夫经常抱怨她，因她的过度节约让他十分窘迫，其中有些痛苦让他难以忍受，因为它们触及了他的虚荣心。

他是陆军部的首席职员之一，但他只是遵从他妻子的意愿留在那里，为了增加他们几乎从来不花的年收入。

两年来，他总是撑着同一把打满补丁的旧雨伞去上班，老是受到同事们的讥笑。到最后，他终于忍受不了他们的玩笑了，坚持要妻子给他买一把新伞。她花了八个半法郎从大百货店的降价柜台上给他买了一把廉价伞。当同事们看到这种在巴黎随处可见的廉价物品时，又开始开玩笑挖苦奥莱依了，他再次被娱乐了一段时间。同事们甚至为此编了一首歌，奥莱依从早到晚都能在这幢大楼里听到这首歌。

奥莱依非常生气，厉声吩咐妻子给他买一把新的雨伞，要上好的丝绸，花上二十法郎，并把账单拿回来给他看，以此为证。

她花十八法郎给他买了一把雨伞，把它交给丈夫时，她气得满脸通红地说：

“这至少能让你用上五年。”

奥莱依感到非常得意，他带着他的新玩意儿在办公室里备受关注。

傍晚他回家时，妻子看着雨伞不放心地对他说：

“你不应该把它用松紧带系起来，这样很可能会割破丝绸的。你一定要爱护它，因为我不会在短时间内再给你买一把新的。”

她接过伞来，解开一看，又惊又怒，目瞪口呆。丝绸中间有一个六便士硬币那么大的洞，是雪茄烟头烧的。

“那是怎么回事？”她尖叫道。

她的丈夫看也不看她一眼，平静地回答道：

“什么怎么了？什么意思？”

她的喉咙被怒火堵住，几乎说不出一个字。

“你——你——你烧坏了你的伞！你——你一定是疯了！你想让我们家破产吗？”

他转过身来，脸色煞白：

“你在说什么？”

“我说你把伞烧了！你自己看！”

她像是要打他似的冲到他面前，猛地把那个烧焦的小圆孔伸到他的鼻子下。

他看到这个破洞不知所措，只能结结巴巴地说道：

“这……这是什么？我怎么知道？我什么也没做，我发誓。我不知道雨伞怎么会变成这样。”

“你肯定一直在办公室里摆弄它，耍猴儿似的，把它打开来炫耀！”她尖叫道。

“我只打开过一次，让大家看看这把伞有多好，仅此而已，我发誓。”

但她被气得浑身发抖，一出夫妻间的闹剧上演了，它让一个平和的男人害怕家庭炉灶胜过枪林弹雨般的战场。

奥莱依夫人从一把旧雨伞上剪下来一块丝绸，修补了这把新伞。第二天，奥莱依拿着这把补好的伞，非常谦恭地走了。他一到公司就把它放进了柜子里，如同扔进去一些不愉快的往事，就再也没有去想它了。

但当晚他刚回到家，妻子就从他手中接过雨伞，打开看到雨伞的惨状时，她几乎要崩溃了。伞上布满了小洞，显然是被烧坏的，就像有人把点燃的烟斗的烟灰倒在伞上一样。它彻底完了，无法补救了。

她一言不发地注视着它，愤怒得几乎说不出话来。奥莱依也是，当他看到损坏的伞面时，呆若木鸡，惊恐万分。

他们面面相觑，然后他低头看了看地板。下一秒，她就把那件没用的东西扔到了他的头上，在最猛烈的愤怒中尖叫起来，这时她已经恢复了声音：

“哦！你这个畜生！你这个畜生！你是故意的，我会让你为此付出代价，你不会再有下一把伞了！”

然后，一场大闹又开始了，在暴风骤雨般肆虐了一个小时之后，他终于有了解释的机会。他发誓说，他完全不知道这是怎么一回事，这只可能是出于别人的恶意或报复。

一阵门铃声把他解救了出来，一位朋友到他们家来吃晚饭了。

奥莱依夫人把这件事告诉了这位朋友。至于买一把新伞，那是不可能的，她的丈夫休想再有一把新伞。这位朋友非常理智地说，如果那样的话，他的衣服就会被雨水弄坏，而这些衣服肯定比雨伞值钱。但这位小妇人仍然怒气冲冲地回答道：

“那好吧，下雨的时候他可以用厨房里的伞，但我不会再给他买一把新的丝绸伞！”

奥莱依对这种想法完全不认同。

“好，”他说，“那我就辞职。我决不会带着厨房的雨伞去办公室。”

这位朋友插话说：

“把这些破洞补上花不了多少钱。”

但奥莱依夫人脾气更加暴躁了，她说：

“重新补上至少要花八法郎。八法郎加十八法郎等于二十六法郎，想想看，一把伞要花二十六法郎！真是疯了！”

这位朋友只是中产阶级中的一个穷人，他突然有了主意：

“让你的火灾保险公司来赔偿。只要是在你自己的房子里造成的损失，保险公司都会为被烧毁的所有物品进行赔偿。”

听了这个主意，小妇人立刻平静了下来，思考了片刻后，她对丈夫说：“明天，在去你的办公室之前，你要先去一趟马泰内尔保险公司，给他们看看雨伞的状况，让他们赔偿损失。”

奥莱依先生几乎跳了起来，他被这个提议吓了一跳。

“我这辈子都不会这么做！只是损失了十八法郎，仅此而已。它不会毁了我们。”

第二天早上，他出门时带了一根拐杖，幸运的是，那天天气晴朗。

奥莱依夫人独自待在家里，无论如何也无法从失去十八个法郎的阴影中走出来。她把雨伞放在餐厅的桌子上，看着雨伞，却做不了任何决定。

她每时每刻都在想着保险公司，但她不敢面对那些可能接待她的先生们的嘲笑的眼神，因为她在人前非常胆小，动不动就会脸红，不得不和陌生人说话时也会感到紧张。

但是，失去十八法郎的遗憾让她痛不欲生，就像没有愈合的伤口一样。她试着不再去想它，但这笔损失每时每刻都捶打着她的心。她该怎么办呢？时间一分一秒地流逝，她还是无法做出决定。但突然间，她像懦夫变成勇士一般，下定了决心。

“我一定会去的，我们走着瞧吧。”

不过首先，她必须先把伞打理一下，好让灾情显得十分严重，以便她更容易为自己的诉求辩护。她从壁炉架上取下一根火柴，在两根伞骨之间烧了一个手掌那么大的洞，然后她小心翼翼地把伞卷了起来，用松紧带系好，戴上帽子，披上披肩，快步走向黎沃里街，那里是保险公司的办公地点。

但她越靠近就走得越慢。她该说什么好呢？又会得到什么回答呢？

她看了看房子的门牌号，距离目的地还有二十八个号。没关系，她还有时间考虑，于是她越走越慢。突然，她看到了一扇大门，门上挂着一块大铜牌，上面刻着“马泰内尔火灾保险公司”。已经到了！她等了一会儿，因为她感到紧张和羞愧；然后她走了过去，又走了回来，又走了过去，又走了回来。

最后，她对自己说：

“不管怎样，我必须进去，所以宜早不宜迟。”

然而，她发现自己的心跳得很厉害。她走进一间巨大的房间，四周都是窗口，每个窗口上方都有一个足以露出一个人头的小开口。当一位拿着许多文件的先生经过她身边时，她拦住了他，怯生生地说：“不好意思打扰了，先生，能不能请您告诉我，如果有什么东西不小心烧坏了，我应该去哪里申请赔偿呢？”

他用铿锵有力的声音回答道：

“二楼左边第一扇门，就是你要找的部门。”

一听这话她更加害怕了，她真想逃走，任何要求也不提了，牺牲她的十八法郎。但一想到这笔钱，她又鼓起了勇气，气喘吁吁地上楼去了，几乎每走一步都要停下来一会儿。

她敲了敲二楼的一扇门，一个清晰的声音回答道："请进！"

她机械地服从命令，发现自己来到了一个大房间，里面站着三位严肃的绅士，他们全都佩戴着勋章，正在交谈着什么。

其中一个人问她："您有什么需求，夫人？"

她几乎说不出话来，只是结结巴巴地说道："我来……是因为一场意外，因为……一些事情……"

他非常礼貌地为她指了一个座位：

"请坐下稍等一会儿，我马上就来。"

他又回到另外两人身边，继续谈话：

"先生们，公司并不认为应该为你们付出超过四十万法郎的责任，我们也不会接受你们要求我们多支付的十万法郎。此外，测量师的估价……"

另一个人打断了他的话：

"那就这样吧，先生，法庭将在我们之间做出裁决，我们就告辞了。"他们互相鞠了一躬后就出去了。

哦！如果她能和他们一起离开，她会多么高兴啊！她会直接逃走，放弃一切。但为时已晚，因为那位先生回来了，他鞠躬说道：

“我能为您做些什么，夫人？”

她几乎难以启齿，但最后还是勉强表达了出来：

“我来是为了……为了这个。”

经理哑然失笑地看着她递过来的东西。

她用颤抖的手指试图解开松紧带，经过几次尝试后，终于解开了，损坏的雨伞残骨露了出来。

他同情地说：“在我看来，它的状况非常糟糕。”

她犹豫了一下说：“我花了二十法郎。”

他似乎很惊讶：“真的吗？有这么多？”

“是的，这是一场大灾难，我想让你看看它现在的状况。”

“是的，好，我明白了。但是，我真的不清楚这跟我有什么关系。”

她开始感到不安。也许这家保险公司不会为这些小物品赔偿费用，于是她说：

“不过……它是被烧毁的。”

他无法否认这点。

他回答说：“我看得很清楚。”

她张口结舌，不知道接下来该说什么；然后，她突然想起自己忘了说主要内容，便匆忙说道：

“我是奥莱依夫人，我们在马泰内尔保险公司投保了，我是来要求赔偿损失的。”

“我只想让你们给它换个伞面。”她赶紧补充道，生怕遭到生硬的拒绝。

经理相当尴尬地说：“但是，说真的，夫人，我们不卖雨伞，我们没法承担这样的维修工作。”

小妇人觉得自己的勇气又回来了，她不会轻易放弃的，她甚至不再害怕了，她说：

“我只想让你们付给我修理费，我自己就能修好。”

这位先生似乎相当困惑，说：

“的确，夫人，这只是一件很小的事！从来没有人要求我们为这些微不足道的损失提供赔偿。想必您也理解，我们无法赔偿像手帕、手套、扫帚、拖鞋，以及所有每天都有可能被烧毁的小物品……”

她的脸涨得通红，已经怒不可遏：

“但是，先生，去年12月，我们家的一个烟囱着火了，造成了至少五百法郎的损失。奥莱依先生没有向你们公司索赔，所以现在你们公司理应对我这把雨伞做出赔偿。”

经理猜到她在撒谎，便笑着说：

“夫人，您得承认，奥莱依先生连五百法郎的损失都没有要求赔偿，而现在却为修补一把雨伞要求赔偿五六个法郎的修理费，这实在令人吃惊。”

她丝毫不为所动，回答道：

“请您原谅，先生，那五百法郎是奥莱依先生的损失，而这十八法郎出自奥莱依夫人的腰包，这完全是两码事。”

经理发现没有机会摆脱她，再这样下去只是在浪费时间，他无奈地说：

“你能告诉我损失是怎么造成的吗？”

她觉得自己已经赢得了胜利，于是说道：

“事情是这样的，先生。在我们家的客厅里有一个铜制的伞架，用来插伞和拐杖。有一天我进来的时候，把这把伞放了进去。我必须说明的是，上面有一个放烛台和火柴的架子。我伸出手，拿了三四根火柴，划了一根，但没点着，于是我又划了一根，点着了，但马上又熄灭了，第三根也是一样……”

经理打断了她的话，开了个玩笑：

“我想它们是政府的火柴吧？”

她不明白他的玩笑话，继续说道：

“很有可能。不管怎么说，第四根火柴点着了，我点燃了蜡烛，就进房间睡觉了，但过了一刻钟，我就闻到有东西烧焦的味道，我一直非常怕火。我向你保证，如果我们发生意外，那一定不是我的错。自从我们家的烟囱着火后，我就非常紧张，就像我跟你说过的那样；所以我马上站起来，到处寻找，像猎狗嗅着猎物那样，最后我发现是我的雨伞烧着了。很可能是火柴掉进了伞褶之间，把它烧着了。您看看它被烧成什么样了……”

经理已经有了主意，问她：“您估计损失有多少？”

她不知道该说什么，因为她不知道该如何评估，但最后她还是回答了：

“也许你最好自己叫人去修理。我就把它交给你了。”

他自然拒绝了：

“不，夫人，我不能这么做。告诉我您的索赔金额就好。”

“好吧，我想……你看，先生，我不想赚你的钱，所以我会告诉你我接下来该怎么做。我会把我的雨伞送到制造商那里，他们会用耐用的好丝绸重新包好，然后我会把账单带来给您。这样行吗，先生？”

“好极了，夫人，我们就这么说定了。这是给会计的纸条，无论您花了多少钱，他都会给您报销的。”

他给了奥莱依夫人一张纸条，奥莱依夫人接过纸条，一边起身出门一边连声道谢，她急着出去，因为她生怕他改变主意。

她轻快地穿过大街小巷，寻找真正的好伞匠，当她找到一家看起来就是一流的店铺时，她走了进去，自信地说道：

“我要给这把伞重新换上绸面，上好的丝绸。用你们最好最结实的绸子，我不在乎花多少钱。”

小酒桶

埃佩雷维尔的旅馆老板希科是个四十岁左右的高个子男人，他面色红润，肚子圆滚滚的，认识他的人都说他是个精明的生意人。他把马车停在玛格洛瓦大妈的农舍前，把马拴在门柱上，从大门走进去。

希科拥有一些土地，与老妇人的土地相邻。他对老妇人的土地垂涎已久，曾多次试图买下，但都徒劳无功，因为老妇人始终固执地拒绝。

她只说了一句话："我生在这块土地上，死也要死在这里。"

他发现她正在农舍门外削土豆皮。她大约七十二岁，非常消瘦，满脸皱纹，实际上几乎干瘪了，身体也弯曲了许多，但还是像一个年轻姑娘一样精力充沛，不知疲倦。希科友好地拍了拍她的后背，然后坐在她身边的凳子上。

"好了，老夫人，我很高兴看到您一直都很健康。"

"还不错，您最近怎么样呢，普罗斯佩老板？"

"哦，挺好的，除了偶尔有点风湿痛，其他的倒没什么。"

"那就太好了。"

她不再多说什么，希科看着她继续工作。她的手指弯曲、多结，像龙虾的爪子一样坚硬，就像一把钳子抓起放在桶里的土豆，另一只手拿着一把旧刀快速地削皮，切下长长的皮条，削好后把土豆扔到水里。三只胆大的鸡相继跳到她的腿上，来啄土豆皮，然后叼着皮飞快地跑开了。

希科似乎不太自在，有些顾虑，有什么话到了嘴边又说不出来。最后，他下定决心：

“听我说，玛格洛瓦大妈……”

“您想说什么？”

“您确定不想卖掉你的土地吗？”

“当然不行，请您别想了。我已经说过了，不要再提这件事了。”

“很好，只是我知道了一个可能对我们俩都有利的法子。”

“那是什么？”

“就是这样，您把它卖给我，然后照样打理它。您不明白吗？那就听我把话说完。”

老妇人放下削土豆的活儿，抬起眼睛专注地看着旅馆老板，他继续说道：

“让我来解释一下。我每个月给您一百五十法郎。您明白我的意思吧？每个月我都会给您送来三十枚五法郎的银币，这对您的生活不会有丝毫影响，丝毫不会。您还是住在自己家里，就像现在一样，您不用操心，也不欠我什么。您所要做的就是按月收下我的钱。这样的安排您觉得行吗？”

他和蔼可亲地看着她，几乎可以说是慈祥地看着她，而老妇人则不信任地打量着他，她似乎怀疑这是个陷阱，然后说道：

“就我而言，这似乎没什么问题，但是这样您也得不到农场。”

“没关系，”他说，“只要万能的上帝愿意让您活下去，您就可以留在这里，这里就是您的家。只是您要在律师面前签一份契约，写明在您死后这座农庄归我所有。您没有孩子，只有侄子和侄女，但您对他们一点儿也不放心。您看行吗？在您有生之年，所有的东西都归您，我每月给您三十枚五法郎的银币。对您来说，这纯粹是白赚来的。”

老妇人很惊讶，虽然她相当不安，但还是很想同意，于是回答道：

“我也没说不行，但我必须考虑一下，请您一周之后再来找我吧，我们好好谈谈，到时我会给您明确的答复。”

希科就像征服了一个帝国的国王一样高兴地走了。

玛格洛瓦大妈思绪万千，当晚彻夜未眠。事实上，整整四天她都在犹豫不决。她怀疑这个提议背后隐藏着对她不利的地方；但一想到每月有三十枚银币的收入，想到这些银币在她的围裙口袋里叮当作响，就像从天而降一样落到她的头上，而她却什么也不用做，这又激起了她的贪婪之心。

于是她去找公证人，把这件事告诉了他。他建议她接受希科的提议，但说她应该要求得到五十枚银币，而不是三十枚银币，因为她的农场至少值六万法郎。

公证人说：“假使您再多活十五年，那么到那时，他也只需支付四万五千法郎。”

老妇人为每月能得到五十枚银币的前景高兴得浑身发抖，但她仍心存疑虑，担心会有什么诡计，她在律师那里问了很久，直到晚上也没离开。最后，她吩咐律师起草契约，然后就像喝了四壶新苹果酒一样，头昏脑胀地回到了家。

当希科再次来要她的答复时，她假装称她无法同意他的提议，希科又进行了一番劝说，尽管她一直在颤抖，生怕他不同意给她五十枚银币，但最后，当他越来越着急时，她告诉了他她对农场价格的期望。

希科听到之后，露出满脸的惊讶和失望，断然拒绝了。

于是为了说服他，她开始谈论自己剩下的寿命。

“我肯定活不到五六年了。我已经将近七十三岁了，我的身体也远远算不上强壮。有一天晚上，我以为自己要死了，几乎无法爬上床……”

但是希科并没有被说服：

“行了，行了，老太太，您就像教堂的塔楼一样强壮，至少能活到一百岁，毫无疑问，我一定会死在您前面。”

他们整整一天都在讨价还价，由于老太太不肯让步，最后旅馆老板只好同意每个月给她五十枚银币。第二天他们就签了字据。她还多要了十个银币的酒钱。

三年过去了，老太太的身子仍十分硬朗。希科绝望了，他觉得自己好像已经交了半个世纪的钱了，他感到自己被骗了，吃亏了。他时不时地去看老太太，就像人们在七月里去看庄稼什么时候开始收割一样。她总是用一种狡猾的眼神看着他，像是她在为自己耍的花招而沾沾自喜。看到她精神矍铄，他很快又上了马车，自言自语道：

“你难道永远不会死吗？你这个老巫婆！”

他不知道该怎么办，一看到她就想掐死她。他恨她，恨得牙痒痒，就像一个被抢劫的农民一样，他开始四处寻找摆脱她的办法。

有一天，他又来找她，像第一次提出交易时那样搓着手，聊了几分钟后，他说：“我想和您谈谈。你在埃佩雷维尔的时候，为什么从来不来我家吃顿饭？大家都议论纷纷，说我们关系不好，这让我很难过。您知道吗，如果您来吃饭，是什么钱也不用花的，因为我不会计较一顿饭的价钱。只要您愿意，随时都可以来，我会很高兴见到您的。”

玛格洛瓦大妈不需要他二次邀请，第二天她就去了。因为是赶集日，她无论如何都要去镇上，于是她让她的长工驾车把她送到希科家，把马车放在谷仓里，她自己进屋去吃晚饭。

旅馆老板很高兴，像对待一位贵妇一样对待她，给了她烤鸡、黑布丁、羊腿、熏肉和卷心菜。但她几乎什么也没吃。她一向食量很小，一般只喝一点汤，吃一块涂了黄油的面包。

希科很失望，劝她多吃点，但她拒绝了，她也很少喝酒，甚至拒绝喝咖啡，于是他问她：

“但你总会喝一点儿白兰地或甜酒吧？”

“好吧，对于那些，我是不抗拒的。”

于是他大声喊道：

“罗萨莉，把特级白兰地拿来，你知道的，最上等的那种。”

佣人很快就来了，手里拿着一个装饰着纸葡萄叶的高酒瓶，他给两个甜酒杯倒满了酒。

“尝尝这个，你会发现它的口感是一流的。”

这位善良的女士慢慢地一口一口地品着，好让快乐持续得更久。当她喝完这杯酒时，她说：

“是的，这是一流的好酒！”

话音未落，希科又给她倒了一杯。她想拒绝，但为时已晚，她像喝第一杯一样，慢慢地喝了下去。当希科想给她倒第三杯时，她拒绝了，但他坚持说：

“它就像牛奶一样温和，您知道的；我呢，可以喝十杯或十几杯，也没有任何不良反应。它像糖一样下肚就化掉了，不会上头；人们甚至会以为它在舌头上蒸发了。它是最有益健康的饮料。”

于是她又喝了，因为她真的很喜欢喝，不过她只喝了半杯。

然后希科慷慨地对她说：

“既然您这么喜欢喝，我就送您一小桶吧，以此表示我们永远是好朋友。”

于是，她带着一桶酒走了，她觉得自己喝得有点醉了。

第二天，旅馆老板开车来到她家院子里，从他的吉普车里拿出一个小铁桶。他坚持要她尝尝里面的酒，并且向她保证是同样美味的酒。当他们每人又喝了三杯后，他在离开时说：“我的朋友，您得知道，即使您全部喝光，我那里还是会有很多好酒，不要不舍得，因为我不会介意的。您越早喝完我就越高兴。”

四天后，他又来了。老妇人正在门外切面包煮汤。

他走到她跟前，把脸贴近她的脸，以便闻到她的呼吸。当他闻到酒精的味道时，他感到很高兴。

他兴高采烈地说：“我想您会愿意给我喝一杯特制酒的吧？”

于是他们每人喝了三杯。

然而，不久之后，外面就有了传言，玛格洛瓦大妈有独自酗酒的习惯。先是在自家的厨房里，然后在院子里，再然后是在附近的路上，她经常醉得像根一动不动的木头一样被带回家。

旅馆老板再也不上她家了，当人们向他谈起她时，他总是装出一副心疼的样子说："她真是个可怜虫，这么大年纪了还酗酒，真是不幸。长此以往，她会出事的。"

果然，她出了大事。第二年冬天，她就去世了。大约是在圣诞节的时候，她喝得大醉，倒在雪地里，不省人事，第二天早上被发现时已经死了。

当希科继承农场时，他神气地说：

"这个老太婆太愚蠢了，如果她不喝酒，她起码还能多活十年。"

一根绳子

戈代维尔附近的农民和他们的妻子正从乡下向镇上走来，因为今天是赶集日。男人们走得很慢，弯曲的长腿每迈出一步，整个身体就向前倾倒一下。他们的腿因为艰苦的劳动变形了：推犁时，他们的左肩抬高，身体侧弯；收割谷物时，他们不得不张开双腿才能站稳。他们的蓝色上衣像涂了清漆一样光亮，领口和袖口上用白线绣着小图案，上衣在瘦骨嶙峋的身体上被吹得鼓鼓的，看上去就像要飞起来的气球，从里面伸出一个脑袋、两只胳膊和两只脚。

其中一些男人用绳子拖着一头母牛或小牛。在牲口后面跟着的是他们的妻子，她们用带着树叶的树枝敲打牲口的后背，以加快牲口的步伐，她们还提着露出鸡头或鸭头的大篮子。这些妇女比男人走得更快、更有劲，她们的身材挺拔而干瘪，在平坦的胸脯上围着单薄的小披肩，头上缠着白布，戴着帽子。

这时，一辆带有长凳的大车驶过来，拉车的小马慢悠悠地走着，把座位上的两个男人和坐在长凳上的女人摇晃得七扭八歪的，那个女人紧紧地抓住车的两侧，以减轻剧烈的颠簸。

戈代维尔的集市上，人群熙熙攘攘，人与牲畜混杂在一起。牛的犄角、富农的高长帽、妇女的头饰在人群头上攒动。连绵不断的尖锐、嘶哑、狂吠的粗野声音喧闹着，而在这喧闹声中，不时传来一阵阵大笑声，笑声来自一个快乐的农民健硕的胸膛，又或许是一头被紧紧拴在房屋墙角的牛的一声长哞。

这里到处都是马厩、牛奶、干草和汗水的味道，散发着乡下人特有的人畜混杂的酸臭的气味。

布雷奥戴的奥什科纳先生刚到戈代维尔，正向广场走去时，发现地上有一小段绳子。奥什科纳先生和所有的诺曼底人一样，非常勤俭节约，他认为一切有用的东西都值得被捡起来，于是他痛苦地弯下腰，因为他患有风湿病。他从地上捡起那段细绳，正小心翼翼地准备把它卷起来，忽然看见马具匠玛朗丹先生正在自家门前盯着他看。他们曾经因为一个马具发生过争吵，从那时起，他们就对对方怀有恨意。被仇人看到他在路上捡了一根绳子，奥什科纳先生感到羞愧难当。于是他赶紧把绳子藏在罩衫下面，然后把它塞进裤子的口袋里，还假装在地上找什么东西，当然他什么也没有找到，接着便向集市走去。他的头向前弯着，身体因风湿痛而几乎弯成了两截。

他很快就汇入人流之中，赶集的人吵吵嚷嚷、行动缓慢，集市因人们不停地讨价还价而乱哄哄的。农民们看了看牛，走了，又回来了，总是心存疑虑，生怕上当受骗，始终不敢下定决心。他们直视着卖主的眼睛，试图识破这个人的伎俩，挑出这头牲畜的毛病。

妇女们把大篮子放在脚边，把家禽拿了出来，那些家禽躺在地上，腿被绑在一起，眼神惊恐，鸡冠猩红。

她们听着别人的提议，面无表情地坚持着自己的价格，或者决定接受对方开出的较低价格，叫住准备离开的顾客：

“好吧，我把它们卖给你，昂蒂姆大爷。”

后来，广场渐渐变得空旷起来，教堂里敲响了午祷的钟声，住在远处的人都涌进了各个客店里。

在茹尔丹的大房间里挤满了吃饭的人，广阔的庭院里也挤满了各式各样的车辆——马车、吉普车、游览车、二轮马车，还有数不清的叫不出名字的车辆，这些车辆全都沾满了黄泥，畸形地拼凑在一起，有的车像两只手臂一样把车辕举向天空，有的车头贴在地上，车尾悬在空中。

就餐的人都已经坐下，身后是巨大的壁炉，炉火烧得正旺，把后排客人的背部烤得暖暖的。炉膛里散发着烤肉的香味和肉汁流淌在酥脆的棕色表皮上的气味，引得人们心情愉悦，口水直流。

所有的贵族都在茹尔丹老板的旅店里吃饭，他自己是旅店老板，也是一个马匹商人，是一个在他的时代赚了大钱的聪明人。

菜被一盘盘端上来，被用餐的人一盘盘吃光，黄苹果酒也被一壶一壶地喝掉。每个人都说着自己的事情，谈着自己的买卖。他们交换着关于庄稼的消息。天气对未成熟的庄稼来说有利，但对成熟的谷物来说太潮湿了。

突然，屋前的院子里响起了鼓声。除了一些对所有事都无动于衷的人之外，每个人都立刻站了起来，跑到门口或窗户边，嘴里还塞满了东西，手里还拿着餐巾。

当宣读公告的人完成击鼓号后，停顿了一下，用生硬的声音喊道：

“请戈代维尔的居民和市场上的所有人注意，今天上午九点到十点之间，在伯兹维尔路上丢了一个黑色皮钱包，里面装着五百法郎和商业文件。如有捡到，请您立即将其送交到镇长办公室，或送到玛纳维尔的福蒂内·乌尔布雷格先生的家。将有二十法郎的奖励。”

那人念完就走了。过一会儿，又远远地听到了沉闷的鼓声和击鼓人微弱的声音。然后，他们都开始谈论这件事，计算着乌尔布雷格先生找回他的钱包的可能性。

午餐吃完了。

他们刚喝完咖啡，宪兵下士就出现在门口。

他问道：

“布雷奥戴的奥什科纳先生在吗？”

坐在桌子另一端的奥什科纳先生回答道：

“我在这里。”

宪兵下士说：

“奥什科纳先生，请您跟我去一趟镇长办公室好吗？镇长先生想跟您谈话。”

这个乡下人很诧异，他慌乱地一口喝完了小酒杯中的酒，站了起来；他的腰比早上弯得更厉害了。因为每次休息后，刚起身迈几步的时候特别难。他一边走一边重复着说：“我在这里。我在这里。”

他跟着下士走了。

镇长坐在扶手椅上等着他。他是这个地方的公证人，身材高大，表情严肃，说话严谨。

“奥什科纳先生，”他说，“今天早上在伯兹维尔的路上有人看见你捡到了玛纳维尔的福蒂内·乌尔布雷格先生丢失的钱包。”

这个乡下人惊讶地看着镇长，他已经被镇长的这种怀疑吓坏了，他不知道为什么。

“我，我捡到了那个钱包？”

“是的，就是你。”

“我发誓，我对它的下落一无所知。”

“有人看见你捡到它了。”

“有人看见？是谁看见我了？”

“玛朗丹先生，马具制造商。”

这时，老人想起了什么，他知道是怎么回事了，气得满脸通红，说："我知道了，我知道了，啊，他看见我了，是吗，那个无赖？他看见我在这里拾起这根绳子了，镇长先生，您瞧……"

他在口袋底部摸索着，从里面掏出了一小段绳子。

但镇长丝毫不信地摇了摇头：

"你不值得让我信服，奥什科纳先生，玛朗丹先生是个言而有信的人。我不信他把这根绳子当成了钱包。"

农民怒气冲冲地举起手，向旁边的地上吐了一口唾沫，似乎在证明自己的清白，又重复了一遍：

"尽管如此，这是上帝也知道的事情，先生，我用我的灵魂再次起誓。"

镇长继续说道：

"在你捡起东西后，你甚至在泥里找了一段时间，看看有没有零钱从钱包里掉出来。"

这位淳朴的男人因愤慨和恐惧而哽咽。

"他们怎能说出这样的谎言……怎么能这样诽谤一个诚实的人，他们怎么能这样？"

他的抗议是徒劳的，没有人相信他。

后来他和玛朗丹先生对质，玛朗丹先生一直坚持重复着证词，他们相互谩骂了一个小时。应奥什科纳先生本人的要求，镇长对他进行了搜查。不过在他身上什么也没找到。

最后，镇长也不解地把他打发走了，并警告他说，他将会把这件事情告知检察官，并请他们下达命令。

消息不胫而走……

他一离开镇长办公室就被人围住了，人们怀着或严肃或嘲讽的好奇心对他进行盘问，可是没有人为他感到愤怒。他开始讲述绳子的故事。他们不相信他，然后哈哈大笑。

他继续往前走，不断有人问他情况，他自己也是，一遍又一遍地开始讲他的故事和他的抗议，并且把他的口袋翻了个底朝天，以证明他的口袋里什么也没有。

那些人对他说：

"你这个老流氓！"

他越解释越生气，越解释越激动，越解释越绝望，越说越不被相信，但是他不知道该怎么办，只能依旧不停地讲他的故事。

夜幕降临，该回家了。他和三位邻居一起离开，并向他们指出了他捡到绳子的地方，一路上他都在谈论他的这次经历。

当天晚上，他在布雷奥戴村转了一圈，目的是告诉每一个人事情的真相。但没有一个人信他。

他整晚都在沉思，难以入睡。

第二天下午一点左右，伊莫维尔村布雷东先生的农夫玛里于斯·波梅尔把钱包和里面的东西还给了玛纳维尔的乌尔布雷格先生。

这个人说，这确实是他在路上捡到的，但他不识字，就把它带回家交给了他的老板。

消息传遍了周围地区。奥什科纳先生也得到了消息。他立即动身到处转悠，开始讲述他的故事的结局。他胜利了。

他说："让我伤心的不是事情本身，你们明白吗？而是被指责撒谎——没有什么比因撒谎而蒙羞更让人伤心的了。"

他整天都在谈论他的这件事情。他在路上对行人讲，在歌舞厅对酒客讲，礼拜日从教堂出来时也讲。他甚至拦住陌生人，向他们讲述这件事。他现在很轻松，但还是有些事情让他担心，他自己也不知道到底是什么。人们一边听他的故事一边说笑。他们似乎并不相信。他也似乎能够感受到他们在背后的议论。

下周二，他到戈代维尔去赶集，完全只是为了讲一讲他的故事。

玛朗丹站在自家门前，看到他经过，开始大笑起来。这是为什么呢？

他和一个克里克托的农民搭讪，那人没让他说完，就给了他肚子一拳，然后对着他的脸喊道："哦，你这个大流氓！"然后，他转身就走了。

奥什科纳先生无言以对，心里越来越不安。他们为什么叫他“大流氓”？

在茹尔丹的酒馆里坐定后，他又开始解释整个事件。

蒙蒂维利埃的一个马贩向他喊道：

“滚出去，滚出去！你这个老流氓，我知道你的老把戏！”

奥什科纳结结巴巴地说：

“可他们已经找到了那个钱包……”

但对方继续说道：

“别说了，老头，一个人找到它，另一个人去归还它。真是神不知鬼不觉。”

农夫哑口无言，他终于明白了。他们指控他让一个同伙把皮夹子送了回来。

他试图抗议。但全桌的人都开始大笑。

他吃不下晚饭，在一片嘲笑声中离开了……

他愤愤不平地回了家，因愤怒和困惑而哽咽。

他们不但指责他做了这事情，甚至还“夸”这是个好把戏。他隐约意识到，现在在大家眼里，他是极其狡猾的诺曼底人，他想要证明清白是不可能的。他被这种不白之冤激怒了。

于是他重新开始讲述他的故事，每天都在延长他的叙述，每天都在增加新的证据、更有力的声明和更神圣的誓言，这些都是他想出来的，是他在孤独的时候准备好的，因为他的心思完全被钱包的事情占据了。

他越是否认，他的论据越是充分，他就越不被人相信。

“那是编出来的证据。”他们在背后说。

他感受到了这一点。这种感觉侵蚀着他，让他在无用的努力中精疲力竭。

他明显日益消瘦了。

爱开玩笑的人会让他讲“那根绳子”的故事来逗他们开心，就像让一个参加过战役的士兵讲他的战斗故事一样。他的精神就在这种沉重的打击中越来越衰弱，大约在十二月底，他病倒了。

他在一月初的时候去世了，在临死的痛苦中，他还在胡言乱语，辩称自己是无辜的，重复说道：

“一根绳子……一根绳子。瞧，就是这个，镇长先生。”

珠宝

朗丹先生是在他部门二把手家的一次晚会上认识这位年轻姑娘的，从此就深深地爱上了她。

她是一位去世好几年的外省税务局局长的女儿，后来她和母亲来到巴黎生活，她的母亲结识了附近几个资产阶级人家，希望能为女儿找到一个丈夫。

她们家经济条件虽然一般，但为人正直、稳重而温和。

这位年轻的姑娘是贤妻良母的完美典范，每一个明智的年轻人都梦想着有一天能把自己一生的幸福托付给她。她朴素的美有着天使般纯洁的魅力，她的嘴角一直挂着不易察觉的微笑，仿佛是她纯洁可爱的灵魂的写照。人们对她的赞美之声不绝于耳。凡是认识她的人都不厌其烦地重复着："赢得她的爱情的男人是幸福的！再也找不到比她更好的妻子了。"

朗丹先生当时是内政部的首席办事员，拿着每年三千五百法郎的薪水。他向这位模范妻子求了婚，女孩欣然接受了。

和她在一起，他感到无比幸福。她把他们的小家打理得井井有条，使他们看起来生活得十分富裕温馨。她对丈夫施以最细腻的关怀和爱抚。而且她的魅力如此之大，以至于结婚已经六年了，朗丹先生发现自己对妻子的爱甚至超过了蜜月的最初几天。

他仅仅责备她的两个嗜好：对戏剧的热爱和对仿制珠宝

的喜好。

她的朋友们（一些小官吏的妻子）随时能替她找得到包厢，去看那些流行的戏，而她的丈夫不管愿不愿意，都不得不陪她去看这些娱乐节目，这无疑增加了他在工作一天之后的疲惫。

过了一段时间，朗丹先生恳求妻子找一位熟识的女士陪她去看戏，只要能送她回家就行。起初，她反对这个安排，但经过他反复劝说，她最终还是同意了，她的丈夫为此十分感激。

然而，随着对戏剧的热爱的加剧，她对装饰品的渴望也随之而来。她的服装一如既往地简单、雅致，而且总是很朴素；但她很快就开始用巨大的水钻装饰自己的耳朵，这些水钻就像真正的钻石一样闪闪发光。她的脖子上戴着一串串假珍珠，胳膊上戴着仿金手镯，梳子上镶嵌着玻璃珠。

她的丈夫时常对她说：

"亲爱的，在我们买不起真正的珠宝的时候，就应该只用美丽和谦逊来装饰自己。这是你最珍贵的装饰品。"

但她甜甜地笑着说：

"我能怎么办呢？我太喜欢珠宝了。这是我自身的毛病。我们无法改变自己的天性。我当然更喜欢真的珠宝了。"

于是她拿着珍珠软项圈在手指头之间转动，使得宝石棱角间的小切面反射出光芒，她说道：

“看啊，它们是那样的可爱！没人会觉得它们是假的。”

朗丹先生笑着回答说：

“你倒有波希米亚女人一样的幽默，亲爱的。”

偶尔到了晚上，只有他们俩在炉边喝茶时，她就会把装有“宝石”的软木皮盒放在茶几上，朗丹先生称之为“便宜货”。她满怀热情地端详着这些假宝石，仿佛它们传递着某种深沉而隐秘的喜悦。她还常常坚持把一条项链戴在丈夫的脖子上，然后开怀大笑，娇呼道：“你看起来真滑稽！”随后她就会扑进他的怀里，发疯似的深情地吻他。

某一个冬天夜里，她照例去看了歌剧，回到家时冻得全身冰冷。

第二天早上，她开始咳嗽。

一个星期后，她就死于肺部炎症。

朗丹先生绝望至极，一个月内头发全白了。他不停地流泪，想起她的笑容、她的声音，想起亡妻的一切魅力，他的心都碎了。

时间无法抚平他的悲痛。经常在上班的时候，他的同事们正在讨论当天的话题时，他的眼睛就会突然充满泪水，他会用撕心裂肺的呜咽来宣泄他的悲痛。他妻子房间里的一切都保持着她生前的原样；她的所有家具，甚至她的衣服，都保持着她去世时的原样。他每天都会把自己关在里面想她，她是他的珍宝，是他生活的乐趣。

但他的生活很快就变得艰难起来。他的收入在妻子手中可以支付所有的家庭开支，但现在反而不能满足他一个人的生活所需。他不禁奇怪妻子怎么能买到那样好的酒和那些美味佳肴，而现在以他微薄的财力却再也享受不到了……

他欠下了一些债务，很快就陷入了赤贫。一天早上，他发现自己的口袋里一分钱也没有了，于是他决定卖掉一些东西，他马上想到要处理掉妻子的便宜珠宝，因为他心里对这些“假货”充满了怨恨，过去这些珠宝总是让他恼怒不已。一看到这些珠宝，他对失去的爱人的思念之情就会减弱。

直到她生命的最后几天，她还在不停地买东西，几乎每天晚上都带新的宝石回家。他把它们翻来覆去地看了好一阵子，最后决定卖掉那条沉重的项链，她似乎很喜欢这条项链，他认为这条项链应该值六七个法郎，因为它的做工非常精细，虽然只是仿制品。

他把项链放进口袋，然后开始寻找一家看起来可靠的珠宝店。终于，他找到了一家珠宝店，走了进去，他感到有些羞愧，因为他不仅暴露了自己的悲惨遭遇，而且还把这样一件毫无价值的东西拿出来卖。

“先生。”他对商人说，“我想知道这个值多少钱。”

商人接过项链，仔细端详了一番，叫来店员，低声说了几句，然后把项链放回柜台上，从远处看了看项链的效果。

朗丹先生对所有这些仪式都很不自在。他正想说："噢！我也知道它值不了多少钱。"珠宝商却先开口了："先生，这条项链值一万二到一万五千法郎，不过您得告诉我它的确切来源，我才能收购它。"

这个鳏夫睁大了眼睛，呆呆地望着，不明白商人的意思。最后，他结结巴巴地说："您说什么？……您确定吗？"对方冷静地回答道："你可以去别的地方问问，看有没有人出价更高。我认为它最多值一万五千法郎。如果你找不到更好的买家，就回到这里来找我。"

朗丹先生惊讶得目瞪口呆，拿起项链离开了商店。他需要时间好好想想。

一出门，他就想笑，自言自语道："这个傻瓜！哦，傻瓜！要是我当时卖给他就好了！那个珠宝商根本分不清真假钻石……"

几分钟后，他走进了和平街的另一家商店。店主一瞥到项链就大叫起来：

"啊，这串项链！我很熟悉它，它就是在我这里卖出去的……"

朗丹先生不太明白，只能问道：

“它值多少钱？”

“啊，我是以两万法郎卖出的。若您愿意按照我们的法律程序告诉我，它是怎么到了您的手里，我愿意以一万八千法郎的价格收回它。”

这一次，朗丹先生傻眼了。他回答说：

“但是……您要不再仔细瞧瞧。因为直到现在我还以为它是仿制品。”

珠宝商问道：

“您愿意告诉我您的名字吗，先生？”

“当然，我姓朗丹……是内政部科员，住在烈士路十六号……”

商人翻了翻他的账本，找到了这条记录，然后说：“这条项链确实是1876年7月20日寄往朗丹太太家里的，地点是……烈士路十六号，没错！”

两个人对视着，这位鳏夫惊讶得说不出话来，珠宝商怀疑他是个小偷。后者打破了沉默。

他说：“您能把这条项链在这里放二十四小时吗？我会给您一张收据。”

朗丹先生匆忙回答：“好的，当然可以。”然后，他把收据放进口袋，离开了商店。

他漫无目的地在街上游荡，头脑一片混乱。他试图分析，试图理解……他的妻子不可能买得起如此昂贵的装饰品。当然买不起！

那么，那一定是个礼物了！礼物！礼物，谁送的？为什么送给她？

他停了下来，一直呆呆地站在街中央。一个可怕的疑问出现在他的脑海中——她？那么，其他所有的珠宝也一定是礼物了！他脚下的大地似乎在颤抖，眼前的大树似乎在倒塌；他举起双臂，倒在地上，失去了知觉。

他醒过来时发现自己被路过的人抬到了一家药房里。他请人送他回家，随后就把自己关在房间里，一直伤心地哭到夜幕降临。最后，疲惫不堪的他上床沉沉睡去。

第二天清晨，一缕阳光将他唤醒，他慢慢地穿好衣服，准备去办公室。经过这样的打击后，他很难再工作了。他给雇主写了一封信，请求原谅。然后他想起他必须回到珠宝商那里，他感到十分难为情，但他总不能把项链留在店里。于是他穿好衣服出门了。

今天天气很好，湛蓝的天空照耀着这座繁华的城市。闲暇的人们将双手插在口袋里，无聊地漫步在大街上……

朗丹先生看着他们，自言自语道："有钱人的确很快乐。有了钱，即使是最深的悲伤也可以忘记。人们可以去自己喜欢去的地方，在旅行中分散注意力，而这正是治愈悲伤的良药。我要是有钱就好了！”

他觉得自己饿了，但口袋里空空如也。他又想起了那条项链。一万八千法郎！一万八千法郎！多么大的一笔数目啊！

他很快就到了和平街，在珠宝店的对面踱来踱去。一万八千法郎！他第二十次下决心要进去，但羞愧使他退缩了。然而，他饿了，非常饿，而且口袋里一分钱也没有。他当机立断，跑过马路，来不及多想，就冲进了店里。

店主立即上前，礼貌地给他搬来一把椅子，店员们也笑容满面、有意无意地瞥了他一眼。

“我已经打听清楚了，”珠宝商说，“如果您仍然要卖掉它，我愿意按照我开出的价格付给您。”

“当然可以，先生。”朗丹先生结结巴巴地说。

于是，店主从抽屉里拿出十八张大钞，数了数，递给了朗丹先生。朗丹先生在收据上签了字，然后颤抖着手把钱放进了自己的口袋。

当他准备离开商店时，突然转过身来，垂下眼睛对商人说：“我还有其他珠宝……我还有其他的宝石，也是同一个来源。您愿意收购吗？”

商人鞠了一躬：“当然可以，先生。”

见此，一个店员忍着笑跑了出去，他想大笑出声，另一个店员则在使劲地擤鼻子。

朗丹先生严肃地说：“我会把它们拿来给您。”

一小时后，他带着宝石回来了。

大钻石耳环价值两万法郎；手镯价值三万五千法郎；戒指价值一万六千法郎；一套祖母绿和蓝宝石价值一万四千法郎；一条带单颗钻石吊坠的金链价值四万法郎，总计十四万三千法郎。

珠宝商开玩笑地说：

“有个人把所有积蓄都投资在珠宝上了。”

朗丹先生认真地回答道：

“这只是投资的另一种方式。”他和店主约好第二天再请专家复验，就走出了珠宝店。

到了街上，他看见旺多姆纪念柱，心里涌起一股难以自抑的冲动，恨不得跟爬夺彩旗竿一样爬上去。他只觉自己身轻如燕，仿佛只需轻轻一跃，便能与柱顶的皇帝雕像来一场别开生面的跳背游戏。

那天，他在瓦赞餐厅吃了午饭，喝了二十法郎一瓶的葡萄酒。然后，他雇了一辆马车，在森林里转了一圈。他带着一种不屑的神情注视着各种车厢，几乎忍不住要对车厢里的人喊道：“我也很有钱！我继承了二十万法郎……”

突然，他想到了自己的雇主。他坐车来到局里，高高兴兴地走进去说：

“先生，我是来辞职的。我刚刚继承了三十万法郎。”

他与昔日的同事们一一握手，并告诉了他们自己未来的一些计划。然后，他去了英国咖啡馆用餐。

他坐在一位贵族绅士的身边，在用餐期间，他忍不住跟这位绅士说，他刚刚继承了四十万法郎的财产……

这是他有生以来第一次在剧院里不感到无聊，并与一些妓女欢乐地厮混，度过了余下的夜晚。

六个月后，他再次结婚了。他的第二任妻子非常贤惠，但脾气暴躁。她给他带来了许多痛苦。

剥皮的手

所有人都围着伯穆蒂厄先生，这位检察官正在向大家讲述自己对圣克卢疑案的看法。在过去的一个月里，全巴黎人都在谈论这件扑朔迷离的案子，可谁也说不清它的来龙去脉。

伯穆蒂厄先生背对壁炉站着，滔滔不绝地说着话，列举各项证据，讨论各种看法，可就是不下结论。

几个妇女站起身来，朝检察官凑近了些，眼睛紧紧地盯着他刮净的脸，从他嘴里吐出的话，仿佛重逾千斤。她们一边听，一边止不住颤抖，好奇和恐惧驱使着她们，明知是惊世骇俗的事，却又抵挡不住对未知的渴望，这样的渴望萦绕在每个妇人心中。就在检察官停顿的时候，一个脸色比别人都要苍白的妇女开口说："真是太恐怖了！这是一起超自然事件，真相永远不可能大白。"

检察官转向她说："是的，夫人。也许我们永远无法发现真相，但是您方才说的'超自然'，与本案完全不沾边。我们面对的这个案子是精心策划的，犯罪手法十分缜密，作案情境神秘莫测，令人难以从中剥离出真相。我曾经手过一个案子，也有这样诡异的神秘气息，后来实在太过匪夷所思，便放弃了调查。"

几个妇女异口同声地大喊："哦！快说来听听！"

伯穆蒂厄先生威严地笑了笑，就像一个检察官该有的样子，继续说道：

“我接下来要说的案子，你们千万不要有任何超自然的想法，我只相信自然的因果。要是碰到了无法理解的现象，咱们要避开‘超自然’这个字眼，用‘难以解释’来描述它，这就好多了。总之，在我要向你们讲述的这个案子中，令我印象尤为深刻的是当时的情境，以下是案件的情况：

“事情发生在一个叫阿雅克肖的小镇上，小镇坐落在四面环山的海湾里。当时我在镇上当检察官，整天处理的主要是世族之间的宿怨，有的极富戏剧性，有的野蛮残暴，有的可歌可泣。那里有你难以想象的美妙的复仇故事，积压了几百年的仇恨，平息得了一时，却从未真正消泯。恶毒的阴谋，残酷的杀戮，变成了血洗满门的大屠杀，光宗耀祖的壮举。那两年间，我听说的全是血债血偿，全是科西嘉人可怕的偏见，煽动了民间的复仇情绪：一旦有人受到侮辱，就要向侮辱自己的人，以及他的亲属和后代报复。我曾见过老人、儿童、表亲被杀害的，那时我脑子里尽是这样的故事。

“有一天，我听说有一个英国人在海边租了一栋房子，而且一租就是好几年，还带了一个法国仆人，那仆人是他在路过马赛时雇来的。

“不久，这个怪人就引起了镇民的好奇，大家都对他议论纷纷。他整天独自待在屋里，偶尔出去打猎或钓鱼。他从不跟人说话，也不到镇上去，每天早上都花一到两个钟头，练习左轮手枪和来复枪。

“有关他的种种谣言开始流传开来。有人说他出身名门，出于政治原因，才逃离他的祖国；有人说他犯了事，躲到这儿来避风头。这些谣言说得有板有眼的，有些甚至令人毛骨悚然。

“身为检察官，我有义务调查这个人的底细。可我只知他自称是约翰·罗威尔，除此之外再无所获。

“于是只能密切地关注他，尽我所能地观察他的一举一动。即使如此，我依然没有发现任何可疑之处。

“然而，关于他的谣言还在疯传，而且愈演愈烈。这个时候，我觉得有必要亲自会一会这个外地人，便开始隔三岔五地在他家附近打猎。

“我窥伺了好长一段时间，却总是找不到好时机，最后总算让我盼到了。有一天，我打中了一只山鹑，正好掉到那个英国人面前。我的猎狗跑去将它叼回来，我手里提着山鹑，朝约翰·罗威尔走去，为自己的失礼向他道歉，请他收下我的猎物。

“他身材魁梧，留着红头发、红胡子，个子高高的，肩膀很宽厚，像一个文质彬彬的壮士。他一点儿也没有英国人的刻板，热情地对我表示感谢，法语里带着浓浓的英国口音。就这样，在一个月的时间里，我们总共有了五六次对话。

“有一天晚上，我碰巧从他家门前经过，正好看见他跨坐在花园里的一张椅子上，嘴上叼着一支烟斗。我向他弓了弓身子问好，他邀请我进去喝一杯啤酒，这正合我意。

“他用拘谨的英国礼节接待我，对法国和科西嘉大加赞赏，还说自己已经爱上了这个国家。

“我装作饶有兴致的样子，旁敲侧击地询问他的身世，还有他今后的打算。他爽快地告诉我，他曾去过非洲、印度、美洲。他大笑着说：‘我有过许多次奇遇。’

“于是，我将话题引到了打猎上，他给我讲了许多关于打猎的奇闻轶事，比如猎河马、老虎、大象，甚至大猩猩。

“我问：‘那些动物危险吗？’

“他笑了笑说：‘哦，不。人类才是最危险的。’

“突然，他放声大笑起来，那是一个自满的英国人的开怀大笑。

“‘我还经常猎杀人类。’

“接着，他把话题转到武器上，请我进屋去看他的各种枪支。

“他的客厅里挂满黑色的布帘，到处是绣着金黄色图案的黑色丝绸。黑色的布料上，缀着大朵的黄花，像火焰般耀眼。

“他说：‘这是日本的绸缎。’

“但是，在最大的一面墙中间，有一块方形的红色天鹅绒，突兀地摆放着一个黑色的东西，吸引了我的目光。我走上前去，这才看清那是一只手，一只真的人手。不是什么干净白皙的手骨模型，而是一只黑不溜秋的干尸手，手指末端留着黄黄的指甲，皮肤表面肌肉暴鼓，骨头上残留着斑斑血迹，像是被斧头从小臂当中利索地一刀砍断。手腕处有一个巨大的铁链，将这只骇人的手与墙上的铁环紧紧地扣在一起，结实到足以拴住一头大象。

“我问：‘这是什么？’

“英国人平静地回答：‘这是我最大的仇人，从美洲弄过来的。我用大刀把骨头砍断，又用尖锐的石头把皮剥下，然后放在太阳底下暴晒了七天。对我来说，真是太痛快了！’

“我摸了摸这只断手，心想手的主人肯定很高大。它的手指出奇的长，关节处连着粗大的肌腱，上面还附着一层皮。这只手真是触目惊心，让人不禁联想到野蛮的报复。

“我说：‘这人生前一定很强壮。’

“英国人平静地回答：‘是啊，可我比他更强壮。我用那只铁链拴住了他。’

“我以为他在跟我开玩笑，便说：‘不过，这链子现在用不着了吧，这手还能跑了不成？’

“约翰·罗威尔认真地说：‘它总是想逃走，得用这链

子才拴得住。’

“我飞快地看了他一眼，探究地看着他的脸，心想：‘这人到底是疯子，还是爱开玩笑？’

“可是，他的表情始终难以捉摸，泰然自若，和蔼可亲。

“我话锋一转，称赞起他的枪支来。不过，我注意到他在房间里放着三把上了膛的左轮手枪，像是担心被人偷袭，要时刻戒备着。

“后来，我又拜访了他几次，之后就再也没去过。镇上的人也习惯了他的存在，渐渐对他失去了兴趣。

“一年过去了。十一月底的一个早晨，我的仆人将我叫醒，说约翰·罗威尔在夜里被人杀害了。

“半个小时后，我与警察局局长及宪兵队队长赶到英国人的家里，他的仆人正在门前哭着，茫然无措，伤心欲绝。起初，我怀疑这个男仆是凶手，后来证明他是清白的。

“凶手一直没找到。

“一走进客厅，我就看见一具尸体仰面躺在正中央。

“他的马甲被扯开，外衣的一只袖子被撕了下来，显然死前曾有过一番激烈的搏斗。

“这个英国人是被勒死的！他的脸都肿了，面色铁青，表情狰狞，眼神里充满恐惧。他似乎紧咬着什么，脖子上有五六处血窟窿，看上去像是被尖锐的利器刺穿，鲜血淋淋。

“跟我们同来的有一个法医，对着死者脖子上的指印检查了很长时间，接着说了一句吊诡的话：‘他看上去像是被一只骷髅手掐死的！’

“我的背脊一阵发凉，赶紧望向那个曾摆着一只手的地方。那只可怕的手已经不翼而飞，剩下一条被打破的铁链垂在那儿。

“我弯腰对着尸体看了看，发现他嘴里紧紧咬着的，正是那只失踪的断手的一截手指，手指从第二关节处断开，与其说是一口咬断的，不如说是用牙齿反复磨断的。

“接下来，我们在现场展开了搜查，却没有任何发现。门窗和家具都完好无损，没有破门而入的痕迹。两条狗也睡得香甜，没有被惊醒。

“仆人的口供大致如下：一个月来，他的主人似乎坐立难安。他收到许多信件，一收到就给烧了。

“他经常发疯似的抄起马鞭，疯狂地抽打这只锁在墙上的手。出事的时候，那只手不翼而飞，谁也不知道它是怎么消失的。

“他每天都睡得很晚，睡前总要小心翼翼地把门窗锁死，枕边备着几把枪。他经常在夜里大声说话，像是在跟什么人争吵。

“出事的那天晚上，他反常地没出一点声响。直到仆人进屋来开窗，才发现他被谋杀了。他想不出有什么可疑的人。

“我把我所知道的关于死者的一切，都通报给了检察官和治安官。整座岛被里里外外搜查了一遍，依旧没有任何发现。

“事情过去三个月后，一天夜里我做了一个噩梦，梦见那只可怕的手像一只巨大的蝎子或蜘蛛，在我的窗帘和墙上爬来爬去。我惊醒了三次，又睡过去三次，三次都梦见那只骇人的手在我房里跑来跑去，手指像腿一样在动。

“第二天，有人把那只手带来给我。因为找不到罗威尔的家人，我们便把他葬在公墓里。断手就是在他的坟墓上找到的，手上缺了一根手指。

“好了，女士们，我要说的故事到此为止，我知道的就这么多。”

妇人们个个吓得不轻，面色苍白，浑身哆嗦。其中一个大声地说：“可是您还没告诉我们结局，也没有给我们一个解释！除非您告诉我们您的见解，否则我们今晚可是要彻夜难眠了。”

检察官严肃地笑了：“哦！女士们，我的见解肯定会令你们大失所望的。我认为这非常简单，也就是说那只手的主人并没有死，而是回来找他的手来了。我不知道他是如何办到的，但我认为这跟家族间的恩怨有关。”

“不！”一位女士咕哝道，“不可能是这样。”

检察官依旧面带微笑地说：“我说过了，我的见解会令你们大失所望的。”

西蒙的爸爸

十二点的钟声刚敲过，学校的大门打开了，孩子们争先恐后，你推我搡地冲出去。和往常不一样的是，他们没有一哄而散，各自回家吃饭，而是在校门口几步远的地方站住，三五成群地凑到一块儿，小声地交头接耳。

原来，那天早晨是布朗肖大姐的儿子西蒙第一次到学校里上课。

这些孩子都曾在家里听大人提过布朗肖大姐。在公开场合，母亲们都对她十分客气，背地里说起她时，怜惜中又带着几分轻视。孩子们也受到大人的影响，尽管他们不知道为什么。

至于西蒙，孩子们不认识他，也不喜欢他。他从不出门，从不跟他们在村子里的街道上或河边奔跑玩耍。他们从一个无所不知的十四岁孩子那里听说了一个天大的秘密，便怀着既惊讶又欣喜的心情，一传十、十传百。

“你知道吗？西蒙没有爸爸，嘿嘿！”

这时，布朗肖大姐的儿子从校门口走出来了。

他大约七八岁，脸色有点苍白，身上干干净净的，性子有点儿胆怯。

他正准备回家去，那些暗地里打量他的人，原先还在窃窃私语，这会儿慢慢跟上来，将他围堵在当中，眼里闪着狡黠而残酷的光，那是坏孩子想做坏事的眼神。他站在一群人当中，又惊讶又窘迫，不知道他们想干什么。一看自己的把戏奏效了，那个散布消息的大孩子很是得意地问：“你叫什么？”

他回答：“西蒙。”

那个人接着问：“西蒙什么呀？”

他不知所措地又说了一遍：“西蒙。”

大孩子冲着他大声叫嚷：“西蒙后面总得有个姓吧……单单西蒙两个字……这可不是全名。”

他差点儿哭出来，第三次回答：“我就叫西蒙。”

淘气的孩子都笑了，那个大孩子越发得意，大声地宣扬：“你们都听见了吧？他没有爸爸。”

所有人都惊呆了，居然有人没有爸爸，真是太不可思议了，简直是天方夜谭。他们看着他的眼神，就像在看一个违反自然的怪物。他们的父母对布朗肖大姐的鄙夷，那种说不清、道不明的鄙夷，此时在他们的心中生根发芽了。

西蒙背靠着一棵树，这才没有摔倒在地。他沮丧极了，仿佛被什么难以弥补的灾难击中。他想反驳这项可怕的罪名，却又无言以对。最后，他不顾一切地大喊：“有的，我也有爸爸。”

“他在哪儿？”那个男孩问。

这下子，西蒙答不上来了，因为他也不知道答案。孩子们亢奋得不得了，嘻嘻哈哈地笑着。同一个鸡窝中的母鸡一旦发现有谁受了伤，就会抢着给予伤者致命的一啄。而这些乡下的孩子，与这些畜生没有两样，内心也有着同样残忍的渴望。突然，西蒙在这群人中认出了邻居家的儿子，他的妈妈是个寡妇，平时只有他们孤儿寡母两个人。

“你也没有爸爸。”西蒙说。

“我有。”对方说，“我有爸爸。”

“他在哪儿？”西蒙反问。

“他死了。”他傲气十足地说，“我的爸爸躺在坟墓里。”

这帮捣蛋鬼开始小声地啧啧称赞，好像有一个葬在坟墓里的爸爸，比完全没有爸爸要高尚多了。反观他们自己的爸爸，大多是坏人、酒鬼、小偷，甚至还会虐待妻子。孩子们互相推搡，朝西蒙逼近，似乎他们身为有爸爸的孩子，有权利把这个没有爸爸的私生子给挤成肉饼。

站在西蒙前面的一个男孩，猝不及防地做了个鬼脸，大声嘲笑他：“没有爸爸！没有爸爸！”

西蒙两手揪住他的头发，一边狠狠地咬他的脸颊，一边猛踢他的腿，两人激烈地缠斗着。最后，等到两人被拉开时，西蒙已经趴在地上，身上青一块紫一块，衣服也被撕破了。那帮捣蛋鬼围着他，使劲地拍手叫好。他从地上站起来，下意识地掸了掸衬衫上的尘土。这时，其中一个孩子大喊：

"快去跟你爸爸告状吧！"

他顿时心里一沉。这些人比他强壮，他挨了揍却无法反抗，因为他很清楚，他是真的没有爸爸。他自尊心很强，想忍住不落泪，最后憋不住了，不由得小声啜泣，一边哭一边抖。可是，敌人却幸灾乐祸地大笑，像一群狂欢的野人拉起彼此的手，一边围着他跳，一边翻来覆去地唱："没有爸爸！没有爸爸！"

西蒙忽然就不哭了。盛怒之下，他捡起脚边的石头，使尽全力朝折磨他的坏人扔去。有三两个正好被砸中，哀号着落荒而逃。他气极了的样子真可怕，把那些孩子都吓破了胆。这群胆小鬼，一碰到发飙的人就原形毕露，立马就一哄而散。

现在只剩下他一个人了，这个没有爸爸的小家伙突然朝田野跑去。他想起了一件事，便暗自下了狠心——他要投河自尽。

他想起来八天前，有一个以乞讨为生的可怜汉，因为要不到钱就跳河了。他们把人打捞上来的时候，西蒙正好在河岸上。这人平时看着又脏又丑，死了却面无血色，长胡子湿湿的，眼睛平静地睁着，安详的表情给了西蒙极大的冲击。围观的人说："他死了。"

接着又有人说："现在他多幸福啊！"

那个可怜人没有钱，而他没有爸爸，所以他也想跳河。

他来到河边，望着流水。几条鱼儿在清澈的河水里嬉戏，不时地跃出水面，叼住盘旋在水面的小虫子。鱼儿灵巧的身姿，吸引了他的注意力，让他一时忘了哭泣，着迷地看着它们，想瞧个仔细。有时，情绪的风暴会突然平歇，很快又狂风大作，将大树掀倒，最后消失无踪。“我没有爸爸。我要跳河。”就这样，投河的念头隔三岔五地会冒出来，带着强烈的痛苦一次次卷土重来。

天气很好，也很暖和，晒得小草暖洋洋的，河水如镜子般明亮。西蒙的心情好了一些，哭过后的疲倦感袭来，让他真想躺在温暖的草地上睡一觉。

一只绿色的青蛙从他脚下跳出来。他想抓住它，却让它逃了。他追在它后面，逮了三次也没逮着。最后，他终于抓住了它的两条后腿。看着这个小动物使劲地蹦跶，努力地想从他手中挣脱，他忍不住笑了。它缩起两条大腿，使劲向后一蹬，两腿绷得直直的，硬得跟铁棍似的；镶着一圈金边的眼睛睁得滚圆，前肢像两只手似的在空中乱舞。这让他想起了一种玩具，只要把长长的小木片交叉钉在一起，再把一些小兵钉在木片上面，就可以用力一拉，牵动上面的小兵，动作和这青蛙很像。之后，他想起了家，想起了妈妈，不由得心生难过，又悲恸得大哭，浑身发抖。然后，他跪在地上，像睡前那样做起祷告来。可是他啜泣得太厉害，祷告做得断断续续的。他什么也不想，什么也不看，只是一味地哭。

突然，一只沉甸甸的大手按在他肩上，一个粗犷的声音从他头顶落下："小伙子，什么事让你哭得这么伤心？"

西蒙回过头去，一个高大的男人正和蔼地看着他。男人有一头卷曲的黑发，脸上留着胡子。他的眼里全是泪水，带着浓浓的哭腔说："他们打我……因为……我……我……没有……爸爸……没有爸爸。"

那人微笑着说："怎么会？人人都有爸爸呀。"

在一阵悲伤中，孩子抽噎道："可是……我……我……我没有。"

工人的脸色登时严肃起来。他认出来这是布朗肖大姐的儿子，虽然他才搬来这里不久，但是已经隐约听说了她过去的事。

"好啦！"他说，"别难过了，我的好孩子。跟我一起走吧，回你妈妈身边。有人会给你找个……爸爸的。"

于是，两人一道上路了，大个儿拉着小个儿的手。大个儿脸上绽放出笑容，若是能会一会那个布朗肖大姐，倒是美事一桩。听人说，她是当地数一数二的大美人。也许他还在心里暗想：一个曾经犯过糊涂的姑娘，说不定还会再犯第二次呢。

他们来到一个白色的小房子前，房子收拾得很干净。

“到啦！”小人儿说，接着又叫了一声，“妈妈！”

一个女人走了出来，那是个身材高挑、面色苍白的姑娘。一见到她，他便收起脸上的笑容，自知对方是开不得玩笑的。她一脸严肃地站在门口，仿佛在镇守自己的家门，不允许任何男人跨进这道门槛，走进这个她曾被其他男人背叛过的房子。他有点儿胆怯，摘下头上的帽子，结结巴巴地说：“喏，太太。您儿子在河边迷了路，我便把他送回来了。”

西蒙搂着妈妈的脖子，哭着告诉她：“我没有迷路，妈妈。我去那儿是想跳河，其他孩子打我……他们打我……因为我没有爸爸。”

听了这话，年轻女子满脸通红，心如刀绞。她紧紧搂住儿子，眼泪簌簌地往下流。那人站在一旁，内心很受触动，不知是该留下，还是默默地走开。

突然，西蒙朝他跑过来，问：“您愿意做我的爸爸吗？”

对方陷入了沉默。布朗肖大姐倚着墙，两手捂着胸口，沉默不语，忍受着羞耻的折磨。见对方不回答，西蒙又说：“要是您不乐意，我就回去河边，淹死算了。”

那工人只当这是笑话，便大笑着说：“好啊，我非常乐意！”

“您叫什么名字？”孩子趁热打铁地问，“要是有人问起来，我好回答他们。”

“菲利浦。”男人回答。

西蒙沉默了一会儿，好将这个名字印记在脑海里；然后，他张开双臂，欣慰地说：“好吧，菲利浦。您就是我的爸爸了。”

工人一把将他抱起来，飞快地亲了亲他两边的脸颊，便大步流星地走了。

第二天在学校里，迎接西蒙的又是一阵嘲笑。到了放学的时候，眼看那些人又要故技重施，西蒙先发制人，劈头就把话像石子似的朝他们脑袋扔了过去：“我的爸爸叫菲利浦。”

周围的人一听，登时哄堂大笑。

“哪个菲利浦？什么菲利浦？这个菲利浦是个什么人？你从哪儿想到的名字？”

西蒙什么也不回答。他怀着不可动摇的信念，坚定地直视他们，宁可受他们欺负，也不肯临阵脱逃。后来是校长出现了，他才毫发无伤地回家。

一连三个月，高个子工人菲利浦经常从布朗肖大姐家门前经过。有时，他会看见她在窗前做针线活，便大胆地上前找她说话。她客气地回答，始终一本正经，不和他开玩笑，也不请他进屋。不过，他就跟其他自大的男人一样，自以为她在同他说话时，脸色比平时要娇羞些。

女人的名声一旦臭了，想要恢复如初可就困难了。就算恢复了，也会变得格外脆弱。尽管布朗肖大姐处处检点，坊间已经有了些流言蜚语。

西蒙倒是很喜欢他的新爸爸，几乎每天晚上都要在他干完活后和他一起走路回家。他正常上下课，不卑不亢地走在同学当中，把那些捣蛋鬼的问题当耳边风。

有一天，那个带头捉弄他的大孩子对他说："你撒谎！你才没有一个叫菲利浦的爸爸。"

"谁说我没有？"西蒙十分激动地反问。

大孩子得意地搓着双手，说："要是你有爸爸，他应该是你妈妈的丈夫才对。"

这个理由很有道理，他听了有些困惑，却还是义正词严地说："反正他就是我的爸爸。"

"有可能，"大孩子冷笑着说，"但他还不是你名正言顺的爸爸。"

布朗肖大姐的儿子垂着头，若有所思地往老卢瓦宗的打铁铺走去。那是菲利浦工作的地方，在一个茂密的树林里。铺子里头黑黢黢的，只有一口深不见底的火炉，向外吐着火舌，照亮了五个赤臂打铁的铁匠。他们像浴火的魔鬼站在火焰边上，眼睛盯着手中反复敲打的火红的铁块，枯燥的思想随着铁锤起起落落。

西蒙悄悄地溜进打铁铺，拉了拉他的朋友的袖子，他立即转过头来。所有人停下手边的活儿，全都抬起头来认真地看他。在一片不寻常的寂静中，响起了西蒙清脆的声音："喂，菲利浦。刚才米肖大婶的儿子告诉我，你不是我名正言顺的爸爸。"

"为什么呢？"工人问。

"因为你不是我妈妈的丈夫。"孩子一脸天真地回答。

谁也没有笑。菲利浦站在那儿，将打铁的重锤立在铁砧上，两只大手拄着锤子的手柄，额头靠在手背上，不知在想什么。他的四个伙伴看着他，娇小的西蒙站在几个大人中间，心急如焚地等待着。突然，其中一个铁匠开口了，说出了所有人的心里话："布朗肖大姐是个诚实善良的好姑娘，虽然以前有过不幸的遭遇，但是一直都很正直踏实。她会是一个好媳妇，值得一个好男人。"

"是啊。"另外三人附和道。

那个铁匠接着说："她虽然糊涂过一次，但那难道是她的错吗？对方原是承诺会娶她的。我见过一些大家都很敬重的人，以前也曾犯过错。"

"正是。"另外三人异口同声地说。

那名铁匠又说："除了去教堂，她哪儿也不去。只有上帝才知道，这些年她吃了多少苦，流了多少泪，才把孩子拉扯长大。"

"可不是吗？"另外三人又说。

之后，大家都沉默了，谁也不说话，只听见风箱呼哧呼哧地扇动炉火的声音。

过了一会儿，菲利浦突然弯下腰，对西蒙说："去告诉你妈妈，今天晚上我想找她谈谈。"

说完，他推着孩子的肩膀，把他带出去，接着又折回去干活，五只重锤整齐划一地落在铁砧上。就这样，他们一直打铁打到天黑，打得就跟那些得心应手的铁锤一样，强健有力，酣畅淋漓。正如节日里的大教堂，它的大钟要敲得比别的钟更响亮，菲利浦的锤声也压过其他人，一下又一下地发出震耳欲聋的击打声。他站在四处喷射的火花中间，劲头十足地敲打着铁块。

等他终于来到布朗肖大姐家，已是满天星斗了。他换上节日才会穿出来的罩衫，一件干净的衬衫，还把胡子也刮了。年轻的女人来到门口，难为情地说："菲利浦先生，现在天都黑了，您这时候过来不太方便。"

他想回答，却一下子结巴，说不出话来了，紧张地站在她面前。

她接着说："您应该知道，我不能再让人家议论我了。"

"只要您愿意成为我的妻子，别人就没什么好议论的！"

她没有回答，可他似乎听见了有人倒下的声音，就在昏暗的屋内。于是，他急忙走进去。已经躺在床上的西蒙，听见了亲吻的声音，还有母亲的低声呢喃。接着，他感到自己被他的朋友抱了起来，被他用巨人般的手臂举起来，大声地对他说："告诉你那些同学，你的爸爸是铁匠菲利浦·雷米，要是谁敢再欺负你，他就要拧谁的耳朵。"

第二天，同学们都到齐了。快上课的时候，小西蒙站起来，脸色发白，嘴唇打战。他用响亮的声音说："我的爸爸是铁匠菲利浦·雷米。他说了，要是谁敢再欺负我，他就要拧谁的耳朵。"

这回，谁也不敢笑了。因为，大家都认识那个铁匠菲利浦·雷米，任谁有这样一个爸爸都会自豪的。

图瓦

一

方圆十法里的人都认识图瓦老爹，这个大胖子图瓦，全名叫安图瓦·马什布莱，绰号叫“烧刀子”，是回风村一家客栈的老板。回风村坐落在一座山谷里，山谷往下通往大海。这是一个贫穷的小农村，四周是沟堑和森林，村里只有十户诺曼底人家，村子因为有了图瓦才出名。

那些房子隐没在蜿蜒的山脊背后，这才有了这个村名。就像在犁沟里躲避暴风雨的海鸟，他们将房子盖在荒草遍野的山谷里，躲避从海上吹来的带着咸味的海风，那样的海风能像火一样烧尽一切，像冰霜一样冻伤一切。整个村子似乎都是图瓦老爹的产业，除了他的绰号“烧刀子”以外，大家也经常叫他“特酿好酒图瓦”，后面一个来自他经常挂在嘴边的一句话：

“我的特酿好酒全法国第一。”

他的特酿好酒，当然指的是白兰地。

二十年来，他一直用他的特酿好酒，还有他的烧刀子，来浇灌当地的老百姓。不管谁问他：“图瓦，有什么好喝的？”他总会雷打不动地回答：“来杯烧刀子吧，我的好女婿。它又暖肚，又醒脑，对身体顶好。”

他逢人就叫女婿，虽然他没有女儿，不管是出嫁的还是待嫁的，一个也没有。

大伙儿都认识烧刀子图瓦，全诺曼底最胖墩的男人。他的房子真是小得可笑，矮到根本容不下他。可他整天站在门口，叫人看了不免好奇，他是怎么钻进门里去的。每次有客人来，他就会跟着进去，因为这是他的店，不论客人喝什么，他都有权利受邀入内，小酌一杯。

客栈的招牌是“会友居”，图瓦老爹确实是当地每个人的好友。也有人专门从费康和蒙蒂维利埃过来，特意来跟他说说话，从中找点乐子，因为这个胖图瓦能把一块墓碑也逗笑。他有法子寻人开心却不得罪对方，也有法子眨眨眼睛就让人家知道他想说什么，他开心的时候就会拍自己的大腿，让你忍不住捧腹大笑。另外，光看他喝酒就很有趣。无论你请他喝什么，他总是来者不拒，狡猾的眼里写满喜悦。那可是双倍的喜悦：首先是喝到了酒，其次是赚到了钱。

当地那些爱开玩笑的人时常打趣他：“你怎么不把海水也喝了，图瓦老爹？”他总是回答：“有两个方面的困难让我无法这样做：第一，海水是咸的；第二，先得把海水装进瓶子里才能喝，而我的肚子太大了弯不下去，所以没法子就着那杯子喝。”

你真该听听他是怎么跟老婆吵架的！即使要掏钱去听，

也值得花这个钱。结婚三十年，他们天天都要斗嘴。每当他的老婆生气时，图瓦总是嬉皮笑脸的。她是个高个儿的农妇，走起路来像白鹭一样迈着长长的步子，脖子上顶着一颗愤怒的猫头鹰一般的脑袋。她在客栈后面养了一窝鸡，时间全花在养鸡上了，而且她知道怎样才能把它们养得肥肥胖胖的。她养鸡有术，在当地可是出了名的。

每当费康的大户人家要摆宴，他们总要吃一只图瓦太太养的鸡，这在当地可是一种风俗。只是，她天生脾气不好，对什么都满腹牢骚，对谁都怒气冲冲，尤其是对她的丈夫。她讨厌他整天乐呵呵的，讨厌他名气大，讨厌他身体好，身宽体胖。她当他是个没用的窝囊废，他的钱都是不劳而获来的，还是个酒囊饭袋，饭量和酒量有正常人十倍那么大。每天，她都要对他嗤之以鼻地说："你赶紧搬到猪圈里去！肥脑油肠的，看了就恶心！"

她还经常劈头盖脸地骂他："走着瞧！走着瞧！你这个死胖子，总有一天你的肚子会炸开来，像一袋玉米那样撑破掉！"

图瓦一点儿也不气恼，拍着自己的啤酒肚，乐呵呵地说："好了，好了，母鸡婆婆。你的小鸡怎么就养不成我这样儿呢？你倒是再加把劲儿！"

接着，他把袖子挽得老高，露出自己粗壮的胳膊，添油加醋地说："这才是好鸡翅该有的样子，不是吗？"

听他这么说，那些喝酒的客人笑得更欢了，一个个拍桌子蹬地板的。

图瓦太太气得火冒三丈，翻来覆去地念叨着："走着瞧！走着瞧！总有一天你们会知道的……他会像一只米袋子那样，撑破了爆开的……"

说完，她就在酒客们的哄笑声中走开了。

事实上，任谁看了图瓦都会吓一跳，他已经十分肥胖，而且脸红气喘。然而，死神似乎在他身上玩起了恶作剧，将他慢慢地推向死亡边缘，却又让他看上去很有喜感。在其他人身上，死神表现出来的是白发苍苍，形容枯槁，满脸沟壑，老态龙钟，让那些看到的人都要大吃一惊，感叹道："天哪！你怎么变了这么多？"但是在图瓦身上，死神似乎很乐于将他养肥，把他变成一个庞然大物，把他的脸抹成赤红色，再给他一种非人的强健形象。死神加在其他人身上的形象，都是令人感到可怕的、悲凉的，而在他身上却是滑稽的、好笑的。

"走着瞧！走着瞧！"他的妻子说，"很快你们就会知道的。"

二

终于，她的话应验了，图瓦中风瘫痪了。这个大胖子被放在客栈搁板后面的小房间里，这样他就能听见外面的人在说什么，还能和他的朋友们聊上几句。虽然这具庞大的身躯动不了，但是他的头脑还是清醒的。一开始，大家还希望他的两条粗腿能够恢复点力气，可是这个希望很快就破灭了。图瓦只能白天黑夜都躺在床上，一个礼拜里只起身一次。当他的妻子翻动他身下的垫子时，要靠四个邻居抬着他的四肢，才能把他扶起来。

但是，他依旧乐呵呵的。只不过，他的快乐变得有点儿懦弱，有点儿低声下气。现在的他像个小孩子一样害怕妻子，他的妻子从早到晚都在抱怨："看看这个饭桶，这个窝囊废，这个老酒鬼！真是活该，真是活该！"

他再也不吭声，只敢在老太婆背后挤眉弄眼，然后转过身去。这是他现在唯一能做的动作，他管这个叫"往南去"，或"往北去"。

他现在最大的乐趣，就是听酒馆里的对话。一旦认出谁来，就会隔着墙朝老朋友大声问好："嘿，是瑟莱斯坦吗，我的好女婿？"

这时，瑟莱斯坦·玛卢瓦塞尔会回答："是我，图瓦。你又能跳了吗，老家伙？"

图瓦回他："跳还不行，可我没变瘦，身子骨还结实着呢。"

没多久，他就把几个好友叫到房里来陪他，尽管他们现在喝酒不请他，让他有些黯然神伤。

他会说："最叫我伤心的，是我再也喝不到我的好酒。别的我都能忍，唯独这一点真是要命。"

这时，图瓦太太那猫头鹰般的脸就会出现在窗口，打断他们的对话："看呀！看看他那副模样，这个什么也不干的老混蛋。现在，我还得跟养头猪似的，喂他吃东西，给他擦身子！"

那个老太婆一走，偶尔会有一只红毛的公鸡飞到窗台上，好奇地往屋里头张望，大声地啼叫。有时候，一两只母鸡会径自飞到床尾，在地板上寻找面包屑。

很快地，图瓦的朋友们都不坐在大堂里了。每天下午，他们会来到病人的床边，同他聊天。尽管瘫痪在床，但是生性乐观的图瓦还是给他们带来了许多欢乐。这个滑稽的图瓦，能把魔鬼也给逗笑了。有三个男人经常来这儿：一个是瑟莱斯坦·玛卢瓦塞尔，一个又高又瘦的小伙子，身体有点儿扭曲，像苹果树的树干；一个是普罗斯佩·奥尔拉维尔，干瘪矮小的男人，鼻子像白鼬那样尖尖的，性情像狐狸一样狡猾；另一个是塞泽尔·波梅尔，这人从来不说话，不过还是跟图瓦他们打成了一片。

他们从院子里搬来一块木板，摆在床边上，玩起了骨牌，从两点一直玩到六点。

图瓦太太已经忍无可忍。她无法忍受懒惰肥胖的丈夫躺在床上，还能自得其乐地玩牌。只要一被她看见，她就会气汹汹地冲进来，扑到纸牌上去，把板子掀飞，把东西卷回大堂里，向众人说她受够了，再也不想养着这个无所事事的胖子，任由他在那儿寻欢作乐，让辛苦劳作了一天的人看了就一肚子火。

瑟莱斯坦和塞泽尔低下了头，只有普罗斯佩敢怂恿这个老太婆，被她的愤怒逗得想笑。

有一天，她比平时更生气，他便说："如果我是你，你猜我会做什么？"

她睁着一双猫头鹰的眼，死死地盯着他不放，等着他往下说。

普罗斯佩接着说："你的男人就像火炉一样烫，而且他从来不下床，我会让他来孵蛋。"

她震惊得目瞪口呆，心想这人肯定是在开玩笑。可他却自顾自地说："在母鸡下蛋的那天，我会在他每只手臂下各放五颗鸡蛋，这样它们就会同时孵出小鸡来。一旦孵出小鸡来，我就会把它们送回母鸡身边，和它自己孵化的放在一起。如此一来，你就有一大窝小鸡了。"

"这能成吗？"老太婆感到不可思议地问。

"这能成吗？"男人说，"为什么不成？既然鸡蛋可以放在盒子里孵化，为什么就不能放在温床上孵化？”

这话说得她无法反驳，她消了气，若有所思地走开了。

一个礼拜后，她抱着一围裙的鸡蛋，走进图瓦的房间，说：“我刚刚给了黄母鸡十颗鸡蛋，这十颗是给你的，别把鸡蛋压碎了。”

“你想干什么？”图瓦大惊失色地问。

“我想叫你孵蛋，你这头懒猪！”她回答。

他先是哈哈大笑，见她是认真的，又生起气来，坚决不肯把鸡蛋放到腋下，好让他温热的身子来孵化它们。老太婆怒不可遏地说：“你要是不接，你的晚饭就没了，不信你试试看。”

图瓦不安极了，什么也没说。

十二点的钟声一敲响，他就大喊：“老婆子，汤好了吗？”

老太婆从厨房里大叫：“没有你的汤，懒骨头！”

他以为她是在开玩笑，便安静地等了一会儿。之后，他又是乞求，又是咒骂，南北策略双管齐下，用拳手去砸墙，最终不得不屈服，让她把五颗鸡蛋放进他左半边的被窝里，这才有了热汤可喝。下午，他那些朋友过来了，见他一脸拘谨古怪，还以为他生病了。他们开始了每天必玩的牌局，可是图瓦似乎心不在焉，伸手的动作很缓慢，而且十分小心。

奥尔拉维尔问：“你的手臂怎么了？”

图瓦回答：“我的肩膀沉甸甸的。”

这时候，他们听见有人走进酒馆里，打牌的人都不说话了。原来是村长和他的助理，他们要了两杯特酿好酒，开始聊起了地方上的事务。他们说话的声音不大，图瓦想听得仔细些，便把耳朵贴到墙上。这时，他完全忘了他的鸡蛋，突然做出“往北去”的动作，结果压在了一滩蛋液上。

图瓦太太听见他大声咒骂，便知他坏事儿了，急匆匆地跑了进来，一下子把被单掀开。她先是站着一动不动，看见黄色的液体粘在丈夫的身侧，气得一句话也说不出来。接着，她愤怒得浑身发抖，扑到瘫痪的丈夫身上，对他一阵拳打脚踢，像在海水里捣洗衣物那样。图瓦的三个朋友笑得喘不过气来，又是咳嗽，又是大叫。大胖子一边抵挡妻子的暴打，一边谨慎地护着另一头的五颗鸡蛋，害怕会再压坏。

三

图瓦被彻底打败了。为了专心孵蛋，他不得不放弃打牌，放弃任何动作。要是他敢压碎一颗蛋，那个老太婆就会克扣他的口粮。他四仰八叉地躺着，两眼盯着天花板，动也不敢动一下，两只胳膊像翅膀似的拱起，用身体去温暖白色蛋壳里的胚胎。

现在，他只敢小声说话，既不敢随便动，也不敢发出响声。鸡舍里的那只黄母鸡引起了他莫大的关心，因为它和他遭遇是一样的。

他时常会问妻子：“黄母鸡吃过饭了吗？”

老太婆总是看过了母鸡，又来看她的丈夫；看过了丈夫，又去看她的母鸡，简直分身乏术。她牵挂着床上和鸡窝里的小鸡，牵挂着它们的安危，竟日渐憔悴。

村里人听说了这事，竟都好奇地打听图瓦的情况。他们蹑手蹑脚地走进房间，像是走进一间病房里，小声地问：“怎么样，顺利吗？”

“还行，”图瓦说，“只是热得吃不消。”

一天早上，妻子兴奋地走进来，激动地说：“黄母鸡昨天孵出了七只小鸡！另外三个蛋是坏的。”

图瓦的心跳得飞快，心想自己会孵出几只来呢？

“我是不是也快了？”他问，痛苦得像一个快要分娩的孕妇。

“但愿如此。”她烦躁地回答，害怕会失败。

他们焦虑地等待着，图瓦的朋友们听说他的时间快到了，纷纷挤进小房间里。左邻右舍都在谈论这件事，一个向另一个打听情况，仿佛他们就站在产房门前。三点钟左右，图瓦睡着了。近来，他很是嗜睡，总要睡上半天。突然，他醒了过来，右边胳膊有一种怪异的感觉，令人发痒。他伸出左手去摸，却摸到了一只毛茸茸的小家伙，全身覆满黄色的茸毛，在他手心里扭动着。

他激动地大叫，一不小心松开了手，它便从他胸脯上跑了过去。那天，酒馆里都是人，客人们全冲了进来，围在他的床前，像围着一个江湖艺人。图瓦太太将躲在丈夫胡子底下的小鸡拎了出来。

房间里鸦雀无声，气氛温馨到了极点，那是一个温暖的四月天。窗户敞开着，黄母鸡在外头咯咯叫，呼唤着新生的小鸡。

图瓦浑身是汗，又激动又焦虑，喃喃地说："还有一只……在我左手下面。"

他的妻子将枯瘦的手伸进被窝里，像一个接生婆似的小心翼翼地将第二只小鸡抓了出来。

邻居们都忍不住想看，大家将小鸡传来传去，仔细地观察它，好似它是什么宝贝。在接下来的二十分钟里，又有四只小鸡同时钻出蛋壳，立马在看热闹的人群中引发轰动。图瓦满意地笑了，对自己的父亲身份感到骄傲。像他这样的可不多见！他真是一个伟大的人类！

他高声喊道："一共六只！天哪，行洗礼那天可就热闹了！"

人群中爆发出一阵大笑。还有人不断地涌进酒馆，新来的人都在问："有多少只？"

“六只。”

图瓦太太将这些初生的小鸡送回母鸡身边。老母鸡咯咯地叫着，张开蓬松的翅膀，将一窝小鸡护在羽翼下。

“还有一只！”图瓦大喊。

他说错了，是三只！这真是一次举世无双的胜利！晚上七点钟，最后一只小鸡破壳而出，没有一颗鸡蛋是坏的！所有鸡蛋都孵出了小鸡，图瓦简直欣喜若狂，亲着这些小家伙的背，差点把它们亲到窒息。他的心里充满了柔软的父爱，是他将这个小生命带到了世界上。他想将这只小鸡留在身边，一直留到天亮，可是老太婆不顾丈夫的乞求，狠心将它带走了。

兴高采烈的旁观者们奔走相告，奥尔拉维尔是最后一个离开的，走之前他问：“第一只鸡下锅时，你会邀请我来吃吗，图瓦？”

听见这话，大胖子的脸上露出大大的笑容，说：“当然会，我的好女婿！”

我的叔叔于勒

一个胡子花白的老头儿向我们乞讨，我的同伴约瑟夫·达夫朗什给了他五法郎。见我一脸惊讶，他解释道："这个可怜的老头子让我想起了一段一直难以忘怀的往事，接下来就让我讲给你听。"

我们家原先住在勒阿弗尔，并不是有钱的家庭，赚的钱只够养家糊口。我父亲工作很辛苦，挣着微薄的薪水，每天很晚才从办公室回来。我有两个姐姐。

这种拮据的生活令我母亲感到难以忍受，她经常用一些尖酸刻薄的话，一些隐晦恶毒的话，来挖苦她的丈夫。每当这种时候，他就会用手抹一抹额头，仿佛要拂去并不存在的汗水，然后一声也不吭。这个动作总是令我很心酸。那时，家里样样都要节俭。要是谁家邀请我们去吃晚饭，我们是绝对不会接受的，因为一旦接受了，就要回请对方，礼尚往来。家里的生活用品都是在降价清仓的时候买的，两个姐姐的衣服也是自己做的。买一条每米十五生丁的织带，也要讨价还价个老半天。一日三餐吃的都是清汤和牛肉，和各种酱汁配在一起。

他们说这样吃既健康又营养，但我真想尝点别的。

要是我不小心弄丢了纽扣，或是弄破了裤子，免不了要挨一顿臭骂。

每到星期天，我们全家人就会穿上最好的衣服，一起去海堤上散步。我的父亲穿着大衣，戴着大礼帽，套着羊皮手套，让我母亲挽着他的手臂。母亲也是盛装打扮，身上系着各种缎带，像一艘节日里的游船。我的姐姐总是最先准备好，等待着出发的信号。可每到要出发的那刻，总有人会在父亲的大衣上发现一块污渍，赶紧找块旧布头沾上汽油把它擦掉。

我的父亲只得穿着衬衣，头顶着大礼帽，等着他的大衣被处理干净。我的母亲则会戴上她的眼镜，脱掉手套以免弄脏，忙碌起来。

最后，全家人终于可以隆重地上路了。两个姐姐手挽手，走在前头。她们都到了出嫁的年纪，得经常出去走动。我走在母亲左边，父亲走在她右边。我始终记得，每个星期日散步时，我可怜的父母总要刻意摆出庄严的气势。他们走得很缓慢，不苟言笑，步态僵硬，腰杆子和双腿绷得直直的，好像他们的一举一动都事关重大。

每个星期天，只要有大船从未知的遥远国度回来，父亲总要说那句一成不变的话：

“哎！要是于勒就在那艘船上，该叫人多惊喜呀！”

我的叔叔于勒曾是全家人的祸星，后来成了全家人唯一的希望。我从小就听说过他，对他熟悉到一见面就能认出他。

他去美国之前的生活，我知道得一清二楚，尽管家里人说起他这段时间的生活，总是刻意压低声音。

据说他有过一段劣迹，或者说他挥霍了家里的一点钱。对穷人而言，这是十恶不赦的罪行。在有钱人家，只会当他年少轻狂，脑子犯浑。这种人通常被人戏称为花花公子。在穷人家里，一个男人要是逼得父母散尽家产，那就是混账，就是流氓，就是逆子。虽然行为是一样的，这种差别不无道理，因为行为是否严重，往往取决于它的后果。

于勒叔叔不仅败光了自己应得的那份家产，还占用了一些我父亲应得的那份。后来，按照当时的时兴做法，家里人把他送上从勒阿弗尔去纽约的货船，打发他到美洲去了。

一踏上美洲的土地，我的叔叔不知做上了什么买卖，不久就写信回来说，他赚了点钱，希望很快能够弥补我父亲的损失。这封信在家里引起了很大的轰动，被大家觉得一文不值的于勒，一下子变成了正直的男人，有良心的男人，诚实的男人，成了名副其实的达夫朗什家人。

一个船长告诉我们，于勒租下了很大的店面，正在做大买卖。

两年后，父亲收到第二封信，信上说：

亲爱的菲利普，我给你写这封信，是想让你不要担心我的健康。我的身体很好，生意也很顺利。明天我要动身去南美洲，那会是一次漫长的旅程，也许好几年无法写信，切勿挂念。等我赚到大钱，就会回勒阿弗尔。希望不会太久，到时我们就可以幸福地生活在一起……

这封信成为我们全家的福音书，一有机会就拿出来念，逢人就给他们看。

果然，时间一晃就是十年，于勒叔叔再也没有来过信。不过，父亲的希望却与日俱增，我母亲也是。她常说："只要这个好心的于勒一回来，我们家的处境就会大不相同。他可是有本事的人！"

于是，每到星期天，一见大轮船喷着滚滚黑烟，从天边驶过来，父亲总要说那句一成不变的话：

"哎！要是于勒就在那艘船上，该叫人多惊喜呀！"

我们似乎能看见他挥着手帕大喊：

"喂！菲利普！"

叔叔要回国这事儿，在大家心里是板上钉钉的事，就此做了上千种打算，甚至计划要用叔叔的钱，在安古维尔附近购置一栋别墅。我敢说父亲早已跟人在背地里商议此事。

那时，我大姐二十八岁，二姐二十六岁，一直未嫁，令全家人都为她们发愁。

终于，有一个看上二姐的人上门来了。他是个公务员，没有多少钱，但是为人还不错。我一直确信，这个年轻人之所以不再迟疑，而是下定决心上门求婚，是因为有天晚上他看了于勒叔叔的信。

我们家赶紧接受了他的求婚，并且决定举行完婚礼后，全家人一起去泽西岛旅游。

泽西岛是穷人家最理想的旅游胜地，属于英国的领土，离法国不远，乘小轮船渡过海，便到了。因此，一个法国人只要航行两个小时，就可以到邻国去观察那里的人民，体验他们的风土人情。

我们成天想着去泽西岛旅游，这成了我们唯一的期盼，念念不忘的梦想。

后来，我们终于动身了。这次旅行在我脑海里还很清晰，仿佛就发生在昨日。轮船靠在格兰维尔的码头上蓄势待发，我父亲晕头转向地监督我们把三件行李搬上去，我母亲神色紧张地挽着我那未婚的大姐的手。自从二姐出嫁后，我的大姐就有点儿失魂落魄的，如同鸟窝里剩下的最后一只鸟。新婚夫妇走在我们身后，他们总走在后头，让我忍不住频频回头。

汽笛响了。我们离开海堤，走上轮船，在一片如大理石般平静无波的海上驶向远方。就像所有难得出门的人一样，我们看着海岸渐渐远去，一脸快活、骄傲。

父亲挺起大衣底下的胸脯。那天早晨，他的大衣被仔细清理过，全身上下散发着一股汽油味，总能让我联想到星期天。突然，他看见两位先生正在请两位打扮优雅的太太吃牡蛎，一个衣衫褴褛的老水手拿小刀撬开牡蛎，递给那两位先生，再由他们递给两位太太。她们优雅地享用起来，用精致的手帕拿着牡蛎，嘴唇往前吸吮，免得弄脏裙子。接着，她们轻轻一吮，吸掉了汁水，再把蛎壳扔到海里。

在行驶的船上优雅地吃牡蛎，这一幕毫无疑问打动了父亲。他觉得这是既优雅又高级的行为，便走到我的母亲和姐姐身边，说："想不想让我请你们吃牡蛎？"

一想到要花钱，母亲就有点犹豫不决，而两个姐姐当下就答应了。于是，母亲气势汹汹地说："我怕伤胃，你给孩子们买几个就行，可是别吃太多，否则要生病的。"

接着，她转过来对我说："至于约瑟夫，什么也别给他买，不要把孩子宠坏了。"

我留在母亲身边，感觉自己受到了不公平的待遇。我一直看着父亲，看他郑重地带着我的两个姐姐，还有他的女婿，朝那个衣衫褴褛的老水手走去。

两位太太已经离开了。我的父亲教我的姐姐怎么吃牡蛎，怎么不让汁液流出来。他甚至拿起一只牡蛎，打算亲身示范，结果立刻就把汁液溅到大衣上。

我听见母亲咕哝道："你还不如安分一点。"

突然，父亲局促不安了起来。他往后退了几步，看了看挤在一起吃牡蛎的女儿女婿，匆忙朝我们走过来。他的脸色十分苍白，神情也很古怪。他低声对我母亲说："这个卖牡蛎的人，怎么看着这么像于勒？"

母亲有点莫名其妙，反问他："哪个于勒？"

我父亲接着说："就是我的弟弟。要不是我知道他在美洲，而且过得风生水起，我真会以为这人就是他。"

母亲这下也紧张了，结结巴巴地说："你疯了！你明知不是他，为什么还要说胡话？"

父亲依旧坚持说："克拉丽丝，你去瞧瞧吧！你最好亲自看一眼，看看到底是不是他。"

她站了起来，去找两个女儿。我也在打量那个人，他又老又脏，目不转睛地盯着手里的活儿。

过了一会儿，母亲回来了。我看出她在颤抖，张口便说："我相信就是他。你去跟船长打听一下吧！可要当心点，别叫这流氓又赖上我们。"

父亲赶紧走去，我偷偷地跟在他身后，心里异常紧张。

船长是个又高又瘦的男人，蓄着金黄色的胡须，正在驾驶台上踱步，摆出威风凛凛的架势，好似在指挥一艘开往印度的大邮轮。

父亲彬彬有礼地和船长攀谈，一面说着恭维他的话，一面向他请教与他的职业有关的事情，还问了些无关紧要的问题，例如泽西岛有多重要，当地特产是什么，人口有多少，风土人情如何，土壤肥不肥沃。

后来，话题总算引到了我们坐的这艘“快捷号”，以及船上的船员。最后，我父亲吞吞吐吐地说：“您船上有一个卖牡蛎的老头子，看上去挺有意思的，您知道他是什么来历吗？”

船长早已对两人的对话感到不耐烦，冷冰冰地回答：“他是个法国人，一个老流浪汉，去年我在美洲发现他，便把他带回法国。据说他在勒阿弗尔有亲戚，可他不想回去，因为还欠他们钱。他叫于勒，姓达尔芒什，或达尔旺什，总之是和这差不多的姓氏。他在美洲曾经风光过，但是你也看见了，他今天落魄成这副德行。”

父亲面如死灰，两眼无神，喉咙发紧，喃喃地说：“啊！哦！原来如此……原来如此。我早就看出来了。谢谢您，船长。”

他回到母亲身旁，整个人失魂落魄的，母亲赶紧对他说："你快坐下，别叫人看见了。"

他坐在长凳上，结结巴巴地说："是他！真的是他！"

接着，他又不知所措地问："我们该怎么办？"

她立马说："我们得把孩子们带走。既然约瑟夫知道了，就由他去把其他人叫过来。我们要万分小心，别让女婿发现了。"

父亲懊恼地说："真是祸从天降啊！"

母亲听了，气不打一处来，大声说："我就知道狗改不了吃屎，他早晚要回来拖累我们！达夫朗什家的人，没一个指望得上！……"

父亲又伸手抹了一下额头，就像往常受到妻子斥责时那样。

她接着说："给约瑟夫一点钱，让他去把牡蛎的钱结了。要真是倒霉到家，被那个要饭的认出来，这船上可就热闹了！咱们到那头去，别叫他靠近我们！"

他们给了我五法郎就走开了。

我的两个姐姐正觉得奇怪，为什么迟迟不见父亲回来。我说母亲突然有点儿晕船，接着去问那个卖牡蛎的："先生，我们该给您多少钱？"

我不知怎的有点想笑：他是我的叔叔啊！

他回答："两法郎五十生丁。"

我把五法郎递给他，他将钱找给我。我看了看他的手，一双穷苦人的手，手上布满了纹路；我看了看他的脸，一张苍老不幸的脸，饱经风霜。我心里想：“这就是我的叔叔，我父亲的兄弟，我的亲叔叔啊！”

我给了他半个法郎当小费，他连忙向我道谢：“上帝保佑您，年轻的先生！”

他说话的语气，像一个穷人在接受施舍，这令我忍不住猜想，他在美洲一定乞讨过！见我这么慷慨，我的两个姐姐都很诧异。当我把两法郎还给父亲时，我的母亲惊讶地问：“吃了三法郎？这怎么可能呢？”

我用坚定的语气说：“我给了他半个法郎的小费。”

母亲吓了一跳，盯着我大声说：“你疯了！为什么要拿半个法郎给那个人，给那个乞丐……”

她原本还要说下去，见我父亲使了个眼色，示意她女婿在场，她便打住了。

在我们的对面，在遥远的地平线上，一团紫色的阴影蓦地出现，那就是泽西岛。

当船慢慢靠近堤岸时，一股强烈的渴望从我心底升起。我想再见一次我的于勒叔叔，想要走到他的身边，对他说一些安慰的话，一些贴心的话。但是，他已经不见了。船上再也没有客人要吃牡蛎，他便离开了。这个可怜的人，也许是回到他又臭又脏的底舱去了。

为了不再遇见他，回程我们坐了圣玛洛号。

从此以后，我便再也没见过我的叔叔。

一个农场女佣的故事

一

天气非常好，农场的工人吃得比平时快，一吃完就回田里干活去了。

农场的女佣萝丝，独自待在宽阔的厨房里，炉上放着一口烧水的大锅炉，炉膛里的火几乎烧尽。她时不时从锅中舀出热水，慢悠悠地洗着那些碗碟，偶尔停下来凝视着两条打在长桌上的日影，连玻璃的残缺也映在日光中。

三只胆大包天的母鸡钻到椅子底下寻找面包屑。养鸡场的味道，马厩的热气，都从半掩着的房门飘进来，公鸡的叫声也从远处传来。

女佣洗完餐具，擦干桌子，清理炉灶，将盘子搁在高高的架子上，旁边挂着一只嘀嗒作响的木钟。做完这些后，她长长地吐了一口气，感觉有点儿气闷，却不知道为什么。她看了看发黑的黏土墙，被炊火熏黑的梁木，梁上结着蜘蛛网，还挂着熏鱼和洋葱串儿。她坐了下来，地板的味道让人闻着难受，不知有多少汤汁洒落在这泥土地上，随着热气往外散发出陈腐的恶臭，还夹杂着隔壁屋里乳制品凝结奶皮的酸味。

这时，她想像往常那样做点针线活，却感觉浑身乏力，便走到门口去透透气，身心顿觉舒畅了许多。

门前，一群母鸡正蹲在散发着热气的厩肥上，用爪子扒抓着，在粪堆里翻寻虫子。一只公鸡雄赳赳、气昂昂地立在鸡群中，当它啼叫的时候，附近农场里的公鸡也会跟着叫，从一个农场传到另一个农场，仿佛在向它挑衅。

女佣出神地望着它们，一抬头看见花蕾满枝的苹果树，看得人眼都花了。这时，一匹撒欢儿的马儿映入她的眼帘，欢快地跃过两边栽满树的沟渠，随后突然停住脚步，好似对只剩下自己感到诧异。

她也想要奔跑，想要四处走动，想要舒展四肢，想要在这暖洋洋的空气中躺下，在这静止的空气中休息。她犹豫着走了几步，接着合上双眼，有一种动物般的惬意。接着，她从容地走到鸡舍，捡了十三颗鸡蛋回来，放到碗柜里。一闻到厨房的味道，她又感到不适，于是抬脚走了出去，在草地上坐了一会儿。

被树木环抱的农场，像是睡着了似的。草儿长得很高，披着新春的绿衣，黄色的蒲公英从草丛中冒出头来，像一道闪着金光的光线。苹果树的影子投在树下。屋顶上的茅草，冒着丝丝热气，仿佛马房和仓库的湿气，都顺着它的茎秆向上蒸发了。女佣走进车棚里，那里停放着大大小小的车辆。靠近车棚的一个沟渠里，有一块种满紫罗兰的地儿，芳香四溢。站在沟渠的斜坡上，能望见一片广阔的田野，田野上种满了庄稼，还有一排排树木。几个工人散落在田间，渺小得像蝼蚁一般。远远望去，白色的马匹也像玩具似的，拖着孩童的玩具马车，车里坐着拇指般大小的农夫。

她搬来一捆干草，扔进沟里，朝上面一坐，觉得不舒服，又把绳子解了，将干草铺开，枕着两条胳膊，伸直双腿躺下。

慢慢地，她合上眼睛，陷入舒服的慵懒状态中。正当她快要睡着时，忽然感到有两只手落在她的胸脯上，她便猛地坐起身来。原来是农场里的工人雅克，一个从庇卡底来的高个儿，近来正不停地追求她。他一直在羊圈里干活，见她躺在阴凉的沟里，便敛声屏气，蹑手蹑脚地溜过来，头发上还粘着草渣儿。

他试着亲吻她，却被她扇了一耳光。在这个和他一样强壮的女人面前，他涎着脸求饶。两人并排坐下来，友好地聊起天来。他们说到近来收成很好，说到他们的雇主是个好人，接着又说到了邻居，还有村里的每个人。然后，他们说起自己，说起他们的村庄，童年的种种回忆，许久不见的亲人，也许再也无缘相见。一想到这点，她便伤感了起来。而他呢，脑海里只有一个念头，朝她越靠越近。

“我很久没见我的妈妈了。”她说，“分开这么久真叫人难受。”说完，她失神地远眺，目光穿过北方，一直到她离开的那个村庄。

突然，他搂住她的脖子，又亲了她一口。而她紧握的拳头，狠狠地打在他脸上，打得他鼻血直流。他急忙站起身来，脑袋顶着一棵树的树干。见此情景，她立马心软了，走到他身边问：“打伤你了吗？”不料他却笑了。不，并没有，只不过不偏不倚，正好打在鼻梁上。他咕哝道：“真厉害！”接着一脸爱慕地看着她。她激起了他的敬重，一种不一样的爱慕，那是真正的爱情的开端，他开始爱上了这个高大勇猛的姑娘。

血止住之后，他提议出去走一圈，害怕再这样并肩坐下去，又要挨她的重拳。后来，她主动挽着他的胳膊，两人就像一对情侣，傍晚在林荫大道上散步。萝丝说：“雅克，你这样看不起我可不好。”对此，他表示抗议。他哪里是看不起她，只是爱上她罢了。

“那么，你愿意娶我吗？”她问。

他犹豫了起来，趁她出神地望着远处，从侧面打量她。她有着粉嫩饱满的脸颊，丰满的胸脯在棉衣下高高耸起，厚厚的红唇娇艳欲滴，裸露的脖子正渗出小汗珠儿。他感觉自己又被欲望冲昏了脑袋，将嘴唇附在她耳边喃喃地说：“我愿意。”

她一听，双臂搂住他的脖子亲吻起来，一直亲到两人都喘不上气来。从那时候起，永恒的爱情故事便在两人之间开始了。他们会在无人的角落里亲热，趁着月色在草垛后面幽会，吃饭的时候在餐桌下用靴子踹对方，在彼此腿上留下许多淤青。渐渐地，雅克似乎对她厌倦了，开始躲着她，不同她说话，也不再想方设法地来找她，这让她既伤心又焦虑。很快地，她就发现自己怀孕了。

她先是惊讶，接着是气愤。雅克费尽心思地躲着她，任她怎么找也找不到，这令她心中的怒火与日俱增。最后，在一个夜里，当农场里的人都睡着了，她穿着衬裙，悄悄地出门，光着脚穿过院子，推开马棚的门。马槽顶上有一只铺满干草的大箱子，雅克就睡在上面。他听见萝丝进来，就假装打起呼噜来。她跪坐在他身边，不停地摇晃他，一直摇到他起身为止。

他问："你想干吗？"她咬紧牙关，气得浑身发抖，说："我要……我要你娶我，你答应过的。"他却笑着回答："呵！倘若一个男人必须要娶和自己发生过关系的所有女人，那可有得忙的了。"

她一把扼住他的脖子，将他按倒在地，不让他逃跑，凑近他的脸大声说："我怀孕了，你听见了吗？我怀孕了！"

他几乎要窒息了，拼命地喘着气。在寂静的黑暗中，两人就这样僵持不下，谁也不动，谁也不说话，只听见马儿从马槽里拖出干草，细嚼慢咽的声音。

雅克心知她力气比自己大，于是支支吾吾地说：“好，既然如此，我娶你。”

可是，她已经不再轻易相信他的承诺。

“你得马上娶我，”她说，“让牧师马上宣布结婚公告。”

“好的，马上。”他回答。

“向上帝发誓。”

他迟疑片刻才说：“我向上帝发誓！”

萝丝这才松开手，没再说别的就走了。

后面几天她都找不到机会同他说话，而且那马厩每天晚上都会从里头反锁。如此一来，她也不敢硬闯，怕闹出声响，惹人非议。一天早晨，她见进来吃晚饭的是一个新人，便问：“雅克走了吗？”

“是的，”工人回答，“我是来接替他的。”

她气得浑身发抖，抖到她连灶上的汤锅都端不稳。后来，大家都去干活了，她才回到楼上的房间里，埋在枕头里大哭，害怕被人听见。白天，她努力打听消息，尽量不引人怀疑。可她满脑子里都是自己的不幸，以至于她以为每个问过的人都在恶意地嘲笑她。除了听说他已经离开这里，她再也打听不出别的消息来。

二

于是，她开始了凄苦的生活。她像一台机器一样，毫无灵魂地工作着，脑子里只有一个念头："万一被人发现就完了。"

这个念头一直困扰着她，令她丧失了思考的能力，明知丢人的事一天天地逼近，就跟死亡一样注定会到来，她竟连补救的法子也不去想。每天早上，她总是起得比别人早，对着一块供她梳头用的破镜子，反复观察自己的腰身，焦虑地猜测是否有人看出她身体上的变化。白天，她会时不时地撂下活儿，低头从上往下打量自己的肚子，看它是不是凸出来，把围裙拱得变短了。

几个月过去了，她变得沉默寡言。不管别人问她什么，她总是一脸茫然，一副惊弓之鸟的模样，目光呆滞，双手发颤。农场主人见她这样，不免要说："可怜的姑娘，这段时间你怎么变笨了？"

她去教堂也总躲在柱子后头，再也不敢进去忏悔室里，害怕神父一见到她，就会看穿她的内心，因为他有超乎常人的力量。吃饭的时候，伙伴的目光也令她惶惶不安，几乎昏厥。她总觉得那个放牛的男孩已经看出了端倪，这小子贼眉鼠眼的，而且少年老成，发亮的眼睛总盯住她不放。

一天早上，邮差给她捎来一封信。她从来没有收过信，不由得心慌意乱起来，不得不坐下。也许是他寄来的？可她不识字，拿着满是墨迹的信纸干着急，双手止不住地颤抖。过了一会儿，她将信纸塞进口袋里，不敢冒险将自己的秘密透露给任何人。她经常活干到一半停下，对着信上的字发呆，那一行行字匀称工整，末了以一个签名结尾。她盯着那些字，想象着也许自己会突然开窍，悟出字里行间的含义。最后，她急得快疯了，便去找了村里的老师。那人请她坐下，念道：

我亲爱的女儿，写信是想通知你，我的病情很严重。此信由邻居当蒂先生代笔。如有可能，你回来一趟吧。

你亲爱的母亲

塞萨尔·当蒂代笔

她一声不吭地走了，一到没人的地方，就双腿一软，倒在路边上，她一直在这里坐到天黑。

回到农场后，她将母亲病危的消息告诉农场主。农场主让她回家，愿意回去多久就回去多久，还说会先雇一个零工，等她回来再辞掉。

就在她到家的当天，她的母亲去世了。第二天，萝丝生下了一个七个月大的男婴，孩子瘦得只有一副小骨头架，一副可怜的模样，任谁看了都会不忍。他似乎很不舒坦，蟹爪般的小手痛苦地抽搐着。然而，孩子还是活下来了。她说自己结婚了，可是负担不起孩子，便把他寄养在邻居家，对方答应她会好好照顾孩子，她便回农场去了。

现在，在她千疮百孔的心中，仿佛一道曙光乍现，她对那个被她留在家乡的弱小生命，萌生了一种陌生的爱意，继而生出一种骨肉分离的痛苦，这种感觉每时每刻都在啃噬她的心。最令人折磨的思念，是她想要亲吻他，想将他抱在胸口，感受那软糯的小身子。夜里她睡不着，白天一直在想他，傍晚干完活，她会坐在壁炉前，专注地盯着炉火，思绪飘向远方。

周围的人开始议论纷纷，打趣地说她肯定是有爱人了，还问那小伙子是不是高大英俊，家里是不是有钱，打算什么时候成亲，什么时候给孩子施洗礼？这些话如同钢钉一般刺痛她的神经，她经常一个人躲起来偷偷地哭。为了忘记这些话，她更加卖力地干活。她思念自己的孩子，想为他多攒钱，还打定主意加倍干活，好让雇主给她加工钱。

就这样，她渐渐包揽了所有活儿，让农场主辞退了另外一个女佣。自从萝丝一人干两人的活之后，那个女佣就变成多余的了。在面包、灯油、蜡烛上，她处处节俭。平日里大把喂给母鸡吃的谷物，还有给牛马吃的草料，多少会浪费掉一些，她也要精打细算。她花老板的钱，就像花自己的钱一样吝啬。买东西时，她善于砍价；轮到农场卖东西时，她总能把价格抬高，挫败农民出售产品时的伎俩。于是，农场主便把采买、伙食、管理工人等活计都交给了她。没过多久，她就成了他的左右手。农场就在她的认真监督下，兴旺发达了起来。方圆五里的人都对"瓦兰老板的女佣"啧啧称赞，就连农场主自己也逢人就说："这姑娘真是千金难买啊。"

时间飞逝，她的工钱却不见长。她那样拼命地干活，却被认为是一个忠心的女佣应尽的本分。她心里不是滋味地想，她每个月给老板省下了五十到一百埃居，可她每年的工钱不增不减，始终是二百四十法郎。因此，她决定请求老板给她加工钱。她去找了农场主三回，到了那儿却又说起别的事儿来。她不好意思开口要钱，仿佛这是什么不光彩的事。终于有一天，农场主独自一人在厨房里吃早饭，她有些困窘地对他说，想单独找他谈谈。他惊讶地抬起头，两只手搁在桌子上，一只手拿着刀子，刀尖朝上，另一只手拿着一块面包，眼睛盯着这个女佣看。这样的注视令她极为不自在，她慌张地说她不大舒服，想请一周的假回家一趟。

农场主立刻就准假，随即尴尬地补充一句："等你回来，我也有话要同你说。”

三

孩子快满八个月了，她差点认不出他来。他长得白里透红，全身肥嘟嘟的，就像一团小肥球。她像是见到猎物似的，激动地扑过去，吻得那么凶猛，吓得孩子哇哇大哭。这时，她不由得流下眼泪，因为孩子不认得她，一看见她就伸出手去，要找奶娘。

第二天，孩子习惯了她，一见到她就咯咯地笑。她抱着他去田野里，高高地举起他，兴奋地在田间奔跑，来到树荫里坐下，生平第一次敞开心扉，对这个小人儿诉说她的烦恼，工作上的艰辛，她的焦虑和希望，虽然他一句也听不懂。最后，她止不住地爱抚他，一直到孩子也乏了。

她无比快活地做着一切，亲手给孩子洗澡穿衣服，仿佛只有做着这些事，才能证明她是一个母亲。她会端详着这个小人儿，诧异地想这就是她的孩子，将他搂在臂弯里，轻轻地摇晃，呢喃自语地说：“这是我的小乖乖，这是我的小乖乖。”

她一路哭哭啼啼地回去农场，刚进门就被主人叫进房间。她不明所以地过去了，既惊讶又激动。

他说：“坐这儿吧。”

她听话地坐下。两个人并排坐了一会儿，彼此都有些局促不安，两只手不知该往哪儿放，谁也不看对方的脸。

农场的主人四十五岁，是个倔强而又快活的胖子，两次丧偶。今天的他一反常态，明显很不自在。他终于下定决心开口，却又支支吾吾地顾左右而言他，一边说话一边看着窗外。

“萝丝，”他问，“你想过要成家吗？”

她的脸顿时惨白，像死人似的。

见她不作答，他接着说：“你是一个正经姑娘，又规矩又节俭，能娶到你是一个男人的福气。”

她一动不动，满脸惊恐，仿佛大难临头，思绪一片混乱，听不懂他的意思。他等了一会儿，接着继续说：“你也知道，就算有你这样能干的帮佣，一个农场没有女主人总归是不行的。”他说到这里就打住了，不知再说什么好。萝丝惊恐万分地看着他，像在与一个杀人凶手对峙，一旦对方稍有轻举妄动，她就会转身逃跑。

五分钟过去了，他开口问她：“怎么样，你愿意吗？”

“愿意什么，老板？”她疑惑不解地问。

“当然是嫁给我呀，上帝！”他飞快地回答。

她突然跳了起来，接着又瘫倒在椅子上，整个人一动不动的，像被五雷轰顶似的。最后，农场主不耐烦地说：“拜托，你究竟还想要什么？”

她几乎是惊恐地看着他，眼泪一下子涌上来，哽咽着连说两遍：“不行！不行！”

“为什么不行？”他说，“别犯傻了，我容你考虑到明天。”

他急匆匆地走出去，这件事令他为难了好一阵子，如今总算是了却一桩大事，他相信第二天他的女佣一定会接受的。这桩婚事于她是意料之外，于他却是一桩好买卖。他给自己拴住了一个好女人，她能给他带来的利益，远远胜过当地最丰厚的嫁妆。

况且，他们之间也不用顾虑出身，在乡下人人都是平等的。农场主和工人一起干活，有的工人也常常会变成农场主。同样的，女佣也经常变成农场女主人，却丝毫不改变她们的生活习惯。

那天晚上，萝丝没有睡觉。她精疲力竭，连哭的力气都没了。她呆滞地坐着，身体失去知觉，思想也涣散了，一想到方才发生的事，以及未来可能发生的事，就吓得魂不附体。心中的恐惧越来越强，每当厨房里的大钟敲响一次，她就会吓出一身冷汗。她脑中一片迷茫，噩梦一个接着一个。房间里的蜡烛熄灭了，她开始幻想有人在她身上施了咒，乡下人经常会有这种幻想，接着她疯狂地想要奔跑，想要逃离这些不幸，如同船只想要逃避风暴。一只猫头鹰叫了一声，令她打了一个哆嗦，她从床上坐起身来，伸手摸了摸自己的脸，自己的头发，自己的身体。接着，她梦游似的走下楼去。西沉的月亮在田野里洒下银辉，她弯着腰走在院子里，不想叫夜间出来游荡的人发现她。她没有打开院子的门，而是翻过篱笆，一跳下去就一路狂奔。她直直地往前跑，时而无意识地尖叫一两声。她的影子被光拉得长长的，陪着她一路奔跑；有时，一只夜鸟从她头顶掠过。听见她经过，农场里的狗纷纷吠叫，有一只甚至跳过了护院沟，追着来咬她。她猛地掉过头去，冲它凶狠地吼叫，吓得它夹尾巴逃走，钻回窝里，一声也不响了。

有时一群小野兔在田地里嬉闹玩耍。但是当这个奔跑着的疯女人像发狂的狄安娜一般出现时，那些胆小的动物们便瞬间四散奔逃。小兔子和雌兔子赶忙躲进犁沟里，瞬间没了踪影。雄兔子则拼命撒腿飞奔。它们竖着大耳朵，一蹦一跳的影子有时会映照在那即将西沉的月亮上。此时的月亮已然挂在世界的边缘，恰似一盏巨型灯笼被放置在天边的地面上，其光芒斜斜地洒向平原。

星辰变得黯淡了，鸟儿叽叽喳喳地叫着，天就要破晓了。这个姑娘喘息着，已经跑得精疲力竭。直到旭日东升，冲破紫红色的朝霞，她才停下脚步，一双腿肿得厉害，再也迈不动。这时，她看见一潭死水，倒映着朝霞，血红血红的。她一手捂着胸口，一瘸一拐地走过去，想将腿浸入水中。到了那儿，她坐在一丛草上，脱下满是尘土的厚重的鞋子，扯下袜子，将小腿浸入静止的水中，水面上时而冒出气泡。

一阵令人惬意的清凉感传遍全身，她目不转睛地盯着这片深水塘，脑子忽然一阵发热，想跳进这水里。如此一来，她的痛苦就到头了。她不再记挂儿子，而是一心想要安宁，想要彻底地休息，想要长眠不醒。于是她站起来，举起双臂，朝前走了两步，水淹到了大腿处。正当她整个人要埋进水里时，一阵火辣辣的刺痛感从踝骨处传来，痛得她直往后跳。她发出绝望的惨叫声，因为从膝盖一直到脚尖，黑压压地爬满了长长的蚂蟥，紧紧地附着在她的肌肉上，吸着她的鲜血，吸得肚皮鼓鼓的。她不敢碰它们，只是害怕地尖叫着。远处有一个农夫在赶车，被她的惨叫声给引过来了。他帮她一条一条地除去蚂蟥，用青草暂时敷住伤口，再赶车把这姑娘送回到她做工的农场里。

她在床上躺了两个星期。到了能起床走动的那天早晨，她正坐在门口，农场主突然来了，杵在她面前说："怎么样？那件事就算定了，对不对？"

她没有立刻回答，可是他站在那儿不走，眼睛盯住她不放，她才吃力地说："不行，老板。我做不到。"

他立刻就火冒三丈。"你做不到，孩子。你做不到，为什么？"

她哭了起来，重复道："我做不到。"

他看着她，生气地质问："难道你是有爱人了？"

她羞得浑身发抖，结结巴巴地说："也许是吧。"

男人的脸红得像罂粟花，气得舌头都打结了。"哼！现在你可承认了，贱人！那家伙是谁？一个穷光蛋，邋遢鬼，流浪汉？那家伙是谁，你说啊？"

见她不回答，他接着说："哼！看来你是不肯说。那就让我来替你说，他是让·波迪？"

"不，不是他！"她大声反驳。

"那就是皮埃尔·马丹？"

"不是他。"

他气得把当地的小伙子数了个遍，她一一否认，不断地拿蓝围裙的角儿擦眼睛。可他就是不死心，非要揪出那个人，鲁莽固执地刨挖她的心房，一定要挖出她心中的秘密，像一条猎犬闻到洞里的野兽气息，便执着地在洞口刨挖，不刨出来绝不罢休。突然，他大声叫起来："哦！对，是去年那个男工雅克。怪不得别人说，你们总在一起聊天，你们还想过要结婚。"

萝丝急得喘不上气来，热血涨红了她的脸，眼泪突然就枯竭了，挂在脸颊的泪珠很快就干了，像水珠落在烧红的铁块上。她大声否认："不，不是他！"

“真的不是吗？”这个狡猾的农夫问，显然他已经嗅到了一丝真相。

她急忙说：“我发誓……我发誓……”她正想着该指着什么发誓，却不敢去说那些神圣的事物。

他打断她的话：“可是，他总到处追着你跑，吃饭的时候总盯着你看，像要用眼神吃掉你。你是不是给过他承诺，嗯？”

这一次，她直视着农场主的脸：“不，绝对没有，绝对没有。我以上帝的名义向您发誓，就算他今天回来向我求婚，我也绝不会答应。”

她的表情诚恳得让他犹豫了起来，接着他仿佛自言自语地说：“这就怪了，你不像他们说的那样，有过不幸的遭遇，否则旁人早就知道了。既然无缘无故的，哪个姑娘会拒绝主人的求婚？这里头肯定有什么问题。”

她再也没有勇气回答，这时他又问：“你还是不肯？”

她叹了一口气，说：“我做不到，老板。”农场主转身就走了。

她自以为摆脱了他，接下来的一天也在平静中度过。这天结束后，她感到筋疲力尽，像是代替那匹老白马，拉着打谷机转了一天。于是，她一干完活就爬上床，一躺下就睡着了。到了半夜，有两只手摸到床上，把她给惊醒了。她害怕地颤抖着，当那人开口说话时，她立马就认出是农场主。

他说："不要怕，萝丝。是我，我来找你说说话。"

起初她很惊讶，接着见他想钻进她的被窝里，便意识到他想做什么，浑身猛烈地颤抖。看着这个男人坐在她身边，她觉得自己在黑暗中孤立无援，没有一丝防备，而且因为刚睡醒，全身一点力气也没有。她不愿意，这是肯定的，可也只能半推半就，像她这种被动柔软的女人，意志毫不坚定，根本抵抗不了男人身上那种强烈的本能。她时而将脸转向墙壁，时而转向屋内，躲避着他欲压下来的嘴唇。男人沉醉在欲望中，变得如野兽般狂野，疲倦一点点地消磨了她的意志。

两人就这样同床共枕了。

一天早晨，他对她说："我已经让教堂发布喜讯，咱们下个月就结婚。"

她没有说话，她还能说什么？她没有反抗，她还能反抗什么？

四

她和他结婚了。她觉得自己掉进了一个深不见底的洞里，永远也走不出来。种种苦难像巨石般悬在她头顶上，随时都会掉下来砸中她。她总觉得她的丈夫是偷来的，迟早有一天会发现她的秘密。接着，她又想到自己的孩子，他是她不幸的根源，也是她幸福的根源。每年她会回去见他两次，每次见完回来，就会更加郁郁寡欢。

久而久之，她习惯了这样的生活。她的恐惧渐渐消失，心情也平复了许多，虽然还有一丝隐约的恐惧萦绕在心中。好几年过去了，那个孩子也六岁了。现在的她几乎是幸福的，可农场男主人却越来越暴躁。

这两三年来，他一直心神不宁，不知在担心什么，似乎有忧虑悬在心头，不断地滋长。晚饭过后，他久久地坐在那儿，双手抱着头，任悲伤啃噬他的心。他说话总是很急，有时甚至很粗鲁。而且，他对妻子似乎满腹怨言，经常语气生硬地同她说话，怒气冲冲地回答她。

有一天，邻居家的一个男孩来农场里买鸡蛋，萝丝正忙着干活，说话有些不大客气。这时，她的丈夫突然走来，没好气地冲她说："如果是你的孩子，你就不会这么对他了。"

她哑口无言，被这话深深刺伤了。她回到屋里去，从前的种种伤痛，重新袭上心头。吃晚饭的时候，丈夫不同她说话，也不看她。他像是知道了什么，厌恶她，鄙视她。最后，她再也镇定不了，也不敢在饭后同他独处，而是离开了房间，急匆匆地赶去教堂。

天黑了，狭窄的教堂中殿一片黑暗。突然，她听见歌唱台那儿有脚步声，原来是教堂的司事正在点长明灯。那摇曳的灯光隐没在穹顶之下的黑影中，在萝丝眼里却是她的最后一线希望。她凝视着那束光，扑通一声跪了下来。随着一阵铁链声响起，那盏长明灯晃悠悠地吊上半空。这时，在弥漫开来的暮霭中，晚祷的钟声敲响了。就在司事往外走的时候，她快步朝他走过去。

“本堂神父在家吗？”她问。

“当然在家，现在正是他吃晚饭的时候。”

于是，她颤抖着推开神父住宅的栅栏门。他刚坐下准备吃饭，便叫她也一起坐下。

“是啊，是啊，我知道您为何而来，您的丈夫同我说过了。”

可怜的女人几欲昏厥，神父继续说道：“我的孩子，你想怎么办？”

他心急地喝了几口汤，几滴汤水落在了他油腻的教袍上。萝丝不敢再说什么，站起身来就想走，神父对她说：“勇敢点儿……”

说完，她就离开了。回到农场后，她不知自己该做什么。工人们在她回来之前就走了，农场的主人正在等她。她觉得脚步犹如千斤重，眼泪哗啦啦地往下流，对着他说：“你究竟对我有什么不满？”

他开始叫骂起来：“我对你有什么不满？因为我没有孩

子！一个人娶老婆，不是为了两口子孤独终老，这就是我对你不满的地方！一头母牛生不出犊子来，它就一文不值。一个女人生不出孩子来，同样一文不值。”

她哭着重复说：“这又不是我的错！这不是我的错！”

听见这话，他态度缓和了些，又说道：“我也没说这是你的错，只是这种事总归叫人恼火。”

五

从这天开始，她只有一个念头：生一个孩子，然后再生一个。她把这个愿望告诉所有人。有个邻居教了她一个百试不爽的土方子：每天晚上给她的丈夫喝一杯掺了炉灰的水。农场主同意了，但是没有奏效。两人讨论道：“也许还有别的秘方？”于是又四处求方问药。他们听说，十法里以外的地方住着一个老羊倌，于是瓦兰老板套上小马车，动身去向他请教。那羊倌给了他一个长条面包，上面画了些符，面包里掺了些草药。两人每晚同房前都会各吃一口这块面包，直到他们把整条面包吃完了，肚子依旧毫无动静。

接着，一位小学老师向他们透露乡下人不知道的房中秘术，而且还打包票说，绝对百试百验。他们尝试了，依旧毫无收获。本堂神父建议他们去费康朝圣。萝丝同一群信徒走上了朝圣之路，在修道院里伏地膜拜。在一群村姑的粗鄙的希望中，她恳求上帝让她再怀上一次。然而，这次朝圣依旧是徒劳的。于是她想，这是上天在惩罚她，惩罚她的第一次过错，她心中产生了无限的悔憾。悲伤令她日益消瘦，随着希望一个个落空，她的丈夫也过早地衰老了。

于是，夫妻之间的战争爆发了。他辱骂她，动手打她，白天和她闹口角，晚上回到房里就怒气冲冲，朝她骂脏话。一天晚上，他实在想不出什么新花样来折磨她，便叫她从床上起来，站在外头淋雨到天亮。她不肯去，他就掐住她的脖子，用拳头揍她的脸。她一声不吭，依旧不肯动。他气得用膝盖顶她的肚子，咬紧牙关死命地揍她。在绝望之中，她奋起反抗，猛地一个用力将他甩到墙上。她从床上坐起来，用变了调的声音说："我生过一个孩子，我生过一个！是跟雅克生的，就是你认识的那个雅克。他说过要娶我，可是却跑了。"

他震惊得说不出话来，最后才结结巴巴地问："你说什么？你说什么？"

她开始呜咽，边哭边说："正是因为这个，我从前才不肯嫁给你。我不敢把这事儿告诉你，因为你会把我给辞了，让我和我的孩子都没饭吃。你从来没有过孩子，所以你理解不了我的苦衷，你根本理解不了！"

他越来越惊讶，机械地重复道："你有个孩子？你有个孩子？”

“是你强迫我的，你总该记得吧？我原本不想嫁给你。”她还在抽泣。

这时，他站起来，点亮蜡烛，背着手在房间里来回踱步。她躺在床上，一直哭个不停。

突然，他在她面前停下，说：“我和你一直无所出，看来是我的错了？”

她默不作声，他又开始走来走去，随即又停住，接着问：“你的孩子多大了？”

“只有六岁。”她小声地说。

“你为什么不告诉我？”他又问。

“我怎么说得出口？”她叹息道。

他一直站着不动。末了，他说：“你起来吧。”

她吃力地爬起来。等她终于下了地，他突然像往常那样开心地大笑。见她一脸茫然的样子，他说：“好吧，既然我们两个生不出孩子来，就去把那个孩子接过来吧。”

她吓得魂都快飞了，要不是现在浑身乏力，她肯定会拔腿就跑。农场主揉搓着她的手，说：“我原本想领养一个，好在我们现在有了。不久前，我还向本堂神父打听孤儿的消息。”

他笑得合不拢嘴，亲亲妻子两边的脸颊，像怕她听不见似的，大声地叫嚷："走吧，孩子他妈。去看看还有没有汤剩下，哪怕是一大盘我也能喝得下。"

她系好衬裙，两人一道下楼。当她跪在汤锅底下的炉火前时，他继续迈着大步子，在厨房里走来走去，反复地念叨道："好哇，我真是太开心了。我可不是嘴上说说，我是真的很开心！"

项链

她是一个美丽动人的姑娘，偏偏造化弄人，生在一个普通的小工匠家。她没有丰厚的嫁妆，也没有门路让地位显赫的有钱人认识她、了解她、爱她、娶她；她只好将就地嫁给了一个教育部的小科员。她的打扮十分朴素，除此之外她付不起别的，这令她心生委屈，仿佛有失她的身份；因为，妇女之间没有等级之分，美丽、优雅、妩媚就是她们的出身。精致的面孔，天生的优雅，聪慧的头脑，是她们唯一的等级象征，纵使是贫民窟之女，亦可贵如一国之母。

她觉得自己生来就该过着高贵奢华的生活，并且一直困扰于此。简陋的住宅，黯淡的墙壁，破烂的家具，丑陋的窗帘，都叫她苦恼不已。这些东西，换作是其他和她同样出身的妇人，也许不会放在心上，可她却耿耿于怀，像是受到莫大的侮辱。每当看着那个从布列塔尼来的小女佣，在她家里做着琐碎的家务，总能勾起她伤心的遗憾和不切实际的幻想。她想象着幽静的前厅，挂着东方挂毯，点着高脚的青铜灯，站着两个穿着短套裤的高大男仆，而她则躺在宽大的安乐椅上，在热烘烘的炉火边上昏昏欲睡。她想象着宽敞的客厅，挂着古色古香的丝绸，放着精致的家具，摆满珍奇的古玩。她想象着那些充满香气的小客室，专门用于接待三两好友。下午五点钟的时候，她会在那里与最亲密的男性友人谈心，他们都是被所有女人仰慕并渴望结识的知名人士。

每当她在圆桌旁坐下，在一块三天没洗过的桌布上吃饭时，对面的丈夫揭开汤锅的盖子，惊喜万分地说："啊！这肉汤可真香！还有比这更美味的吗？"每当这时，她就会想象着那些精美的晚餐，那些闪闪发光的银器，那些挂在墙上的挂毯，上面绣着古代的人物，还有一座仙境般的森林，枝头栖息着奇异的禽鸟。她想象着盛在名贵餐碟里的佳肴，想象着她一边吃着粉嫩的鳟鱼，或者是松鸡的翅膀，一边带着迷人的微笑，聆听客人的谈话。

她没有漂亮衣裳，没有贵重珠宝，什么也没有。然而，她偏偏只爱这些她没有的东西；她觉得自己生来就是为了这些。她一心渴望着被人爱慕，被人艳羡，被人追求，魅力无边。

她有一个富裕的朋友，是教会学校里的同学，可她不愿去看望那位同学。上次去拜访她之后，她回到家里便痛苦不堪。只要见了她，她就会伤心地哭上好几天，因为伤心、悔恨、绝望、困苦。

一天傍晚，她的丈夫欣喜若狂地回家来，手里拿着一个大信封。

"瞧，"他说，"我有东西给你。"

她迅速地拆开信封，拿出一张请柬来，上头印着这些话：

公共教育部部长乔治·朗伯诺偕夫人恭请卢瓦泽尔先生与夫人于1月18日（星期一）光临教育部礼堂，参加晚会。

没想到，她不仅没有像丈夫想的那样高兴，反而不悦地把请柬丢在桌上，咕哝着："你给我这东西做什么？"

"亲爱的，我原以为你会很高兴。你从来不出门，这正是一个好机会。我费了好大的功夫，才搞到这么一张请柬，大家都想参加。这是一场很私密的晚会，很少会发请柬给小职员。到了那儿，你就会见到真正的大人物呢！"

她怒视着他，不耐烦地说："这么重要的场合，你打算让我穿什么衣服去见人？"

这可把他给问住了，他从未设想过这点，结结巴巴地说："你上次去剧院时穿的那条裙子，看上去就很漂亮，在我眼里……"

他突然住了嘴，惊慌失措地看着妻子，她不知怎的哭了起来，两颗大大的泪珠顺着眼角，慢慢地滚到嘴角。他嗫嚅地说："你怎么了？你怎么了？"

她费了很大的力气，才抑制住内心的悲伤，擦干被泪水打湿的两腮，用平静的语气说："没事儿，我只是连一件像样的裙子也没有，所以我不能去参加这样的晚会。你的同事里，有哪个的妻子能打扮得比我更体面的，就把请柬送给她吧。”

“好吧，玛蒂尔德。”他说，“做一身像样的衣服，简单得体就行，在别的场合也能穿，得多少钱呢？”

她想了几秒钟，粗略估算了一个数字，心里盘算着这个数字能控制在多少，才不会引得这个向来节俭的小科员尖叫着拒绝呢。

末了，她略有迟疑地回答：“我没有个准数，可我想有四百法郎大概就够了。”

他的脸色有点儿发白，他恰好就存了这么一笔数目的私房钱，想着要买一支猎枪，好在明年夏天的星期天，跟几个朋友到南泰尔原野去打云雀。

不过，他还是答应了：“好吧，我给你四百法郎，你就努力用这笔钱，做件漂亮的衣服。”

晚会的时间越来越近了，卢瓦泽尔太太的裙子也做好了，可她却愁容满面，焦虑不安。有一天晚上，她的丈夫对她说：“你怎么了？这三天里你一直很古怪。”

“我正愁着没有任何珠宝可佩戴，连一粒宝石也没有。别人肯定会觉得我很穷酸，我还是别去丢人现眼了。”

“戴上几朵鲜花吧。”他出谋划策道，“在这个季节里，戴几朵鲜花是很别致的。只要花十法郎，你就能买到两三朵漂亮的玫瑰花。”

她还是不肯相信。“不成……穷酸地站在一群贵妇中间，没有比这更难堪的了。”

“你可真傻啊！”她的丈夫大声说，“去找你的朋友福雷斯蒂埃太太吧，向她借几样珠宝。你俩交情好，这点小忙她会帮的。”

她发出一声欣喜的叫声。

“真的！我怎么没想到这点？”

第二天，她去到朋友家里，说出了她的烦恼。

福雷斯蒂埃太太走到她的梳妆台旁，取出一只装首饰的大匣子，放到卢瓦泽尔太太跟前，打开来对她说：“亲爱的，尽管挑吧。”

她先看了几副手镯，又看了一条珍珠项链，接着又看了一条镶着宝石的金十字架，做工十分精美，是威尼斯产的。她在镜子前面试戴这些首饰，不知道该拿哪件，该放下哪件，一直举棋不定。她不停地问：“还有别的吗？”

“有的，你再找找看，我不知道哪样最合你的心意。”

忽然，在一个黑缎子的盒子里，她发现了一条精美的钻石项链，高兴得心怦怦直跳，连拿着项链的手也在发抖。她把项链系在脖子上，露在裙子的领口，对着镜子陶醉起来。

然后，她迟疑而急切地问：“能把这件借给我吗？我只借这么一件。”

“当然可以。”

她激动得跳起来，搂住朋友的脖子，狂喜地亲吻她，拿着这件宝物离开了。

到了晚会那天，卢瓦泽尔太太大获成功。她是所有女人当中最美艳动人的，举手投足之间，散发出迷人的优雅，脸上始终挂着喜悦的微笑。所有男宾都注视着她，打听她的名字，求人给介绍。每个部员都渴望与她共舞，就连部长也注意到她了。

她兴奋地跳着舞，沉浸在欢乐之中，什么也不去想。她陶醉于美貌的胜利，陶醉于成功的骄傲，陶醉于众人的赞美，陶醉于男人对她的渴望，整个人幸福得飘飘然，如同置身于云端。

直到凌晨四点钟，她才从那里离开。从后半夜开始，她的丈夫就躲在一间无人的小客室里打盹，在小客室里打盹的还有三个男宾，他们的妻子也都还在外头快活着。她的丈夫从家里带了一件外衣过来，一件朴素的家常便服，把它披在妻子肩上。这么一件寒碜的衣服，与这华美的舞厅格格不入。她意识到这一点，只想赶紧逃离这个地方，以免让那些穿着珍贵皮草的女人撞见。

卢瓦泽尔先生企图拉住她。

“等一等，你到外边要着凉的，我去叫一辆马车来。”

但她不听丈夫的劝告，匆忙走下台阶。他们走到了街上，一辆车也没看见。于是，他们只好四处寻找，远远地看见一个车夫，就朝对方大喊。

他们在失望中沿着塞纳河走，冷得直打哆嗦。终于，他们总算在河岸边上找到一辆夜间才出来拉生意的马车。在巴黎，这种马车只在晚上出没，仿佛它们自惭形秽，不好意思在白天出来。

这辆车一直把他们送到殉道者街上的家门口。他们下了车，低落地走进自己的公寓。于她而言，一件大事总算结束了。而她的丈夫则想着，早上十点他还得赶去办公室。

她脱下披在肩膀上的衣服，站在镜子前意犹未尽地欣赏这一身荣光。忽然，她大叫一声。脖子上的项链不见了！

她的丈夫衣服脱到一半，被她吓了一跳，赶紧问：“你怎么了？”

她转过身去，花容失色地说：“我……我……我把福雷斯蒂埃太太的项链弄丢了……”

他霍地站起身来，吃惊地问：“什么？……这不可能！”

他们在裙子的褶层里找，在大衣的褶层里找，翻遍了每只口袋，却还是没找着。

他又问："你确定从舞厅里出来时，项链还在你脖子上？"

"我确定，在教育部的走廊上，我还摸过它。"

"可要是在大街上掉了，我们应该会听见响声。"

"也许吧，你记住马车的号码了吗？"

"没有，你记住了吗？"

"我也没有。"

他们面面相觑，两眼发愣。最后，卢瓦泽尔先生重新套上衣服。

他说："我去把走过的路再走一遍，看看能不能找到它。"

说完，他就出去了。她还穿着晚会的衣服，连上床睡觉的力气都没了，蜷缩在一张椅子里，打不起精神做任何思考。

大约七点的时候，她的丈夫回来了，依旧一无所获。

他去了警察局，去了报社发布悬赏寻找，还到车行去找。凡是有一丝希望的地方，他都去了。

她茫茫然地等了一整天，面对这可怕的灾难，她完全不知所措。

晚上，卢瓦泽尔先生回来了，面色苍白，两颊都凹陷下去了，但依旧什么发现也没有。

"你必须给你朋友写信，"他说，"说你把项链的搭扣弄坏了，正在修理。这样，我们才有寻找的时间。"

她照他说的写了封信。

一个星期过去了，他们已经完全绝望了。

卢瓦泽尔先生一下子老了五岁。他说："我们得想办法，赔偿这条项链。"

第二天，他们拿着放项链的匣子，照着盒子里的店名找到了那家珠宝店。老板查阅了账簿，说："太太，项链不是从我这儿买的，只有匣子是从我这儿买的。"

于是，他们问了一家又一家珠宝店，凭着记忆去找同样的项链。两人又急又愁，忧心忡忡。

终于，在王宫附近的一家珠宝店里，他们看见了一串钻石项链，与他们苦苦寻觅的那串一模一样，标价是四万法郎，老板同意以三万六千法郎卖出。

他们恳求老板，三天以内不要把它卖给别人。接着又约定好，如果他们在二月底以前找到丢失的项链，便可以将项链退还回来，赎回三万四千法郎。

卢瓦泽尔先生的父亲留给他一万八千法郎，其余的只好去借了。

他开始四处筹钱，向这个借一千法郎，向那个借五百法郎；从这儿借五路易[①]，从那儿借三路易。他开出不少借条，签了一些足以令他倾家荡产的条款，跟形形色色的放高利贷

① 1路易等于24法郎。

的人打交道。他将后半辈子都抵押出去了，顾不上能不能守约，冒险地在各种条约上签字。想着惨淡的未来，残酷的贫穷，肉体上的痛苦，精神上的折磨，尽管他恐惧万分，却还是去了珠宝店，把三万六千法郎放在柜台上，买下那串新的项链。

卢瓦泽尔太太归还项链的时候，福雷斯蒂埃太太不悦地说："你该早点把它还回来，指不定我正好要用呢？"

福雷斯蒂埃太太没有像她朋友担心的那样打开盒子。要是她发觉里头是件替代品，她会怎么想？她又会说什么呢？她会不会把她当成一个小偷？

终于，卢瓦泽尔太太尝到了穷人的艰苦生活。一开始，她很有魄力地承担自己的责任，下定决心要偿还这笔可怕的债务。于是，她辞退了仆人，搬离了现在的公寓，住在一间小阁楼里。

家里的粗活儿，厨房里的肮脏活儿，全由她来做。她刷洗碗碟，手指在各种油腻的锅碗瓢盆里来回擦洗，粉红的指甲磨得不成样。她清洗肮脏的床单、衬衣、抹布，把它们晾在绳子上。每天早上，她把垃圾拿去街上扔，再把水从楼下提上来，每爬完一层楼，她就站在平台上喘气。她穿得像一个贫妇，胳膊上挎着一只篮子，到水果店和肉铺里买东西。

为了从牙缝里省下一分钱，她跟每个店家讨价还价，受人辱骂，遭人嘲笑。

他们每个月有债务结清，也有债务要续借，来延缓期限。

她的丈夫晚上给一个商人誊写账目，常常到了深夜还在笔耕不辍，每抄写一页，挣五个苏[①]。

这样的日子持续了十年。

到了第十年年底，他们终于还清了所有欠下的钱。高利贷的钱，利滚利的钱，全都还清了。

如今，卢瓦泽尔太太看起来苍老了许多，成了一个贫穷人家里强壮、粗糙的妇女。她的头发梳得马马虎虎的，裙子也穿得歪歪斜斜的，露出一双通红的手，说话时扯大嗓门，跪在到处是水的地上擦洗地板。有时候，当丈夫去了办公室，她会一个人坐在窗前，回想起当年那个夜晚，在那个舞会上，她曾经多么的美丽，多么的受人追捧。

要是那时候没有弄掉那串项链，现在的她会是什么样子呢？谁知道呢？谁知道呢？人生是多么的奇妙，多么的变幻无常！一件渺小的事情，就能击垮一个人，也能成就一个人！

某个星期天，为了消除一周的疲劳，她去极乐公园里散散

---

① 1法郎等于20苏。

心。不经意间，她看见一个妇人领着一个孩子在散步。那妇人正是福雷斯蒂埃太太，她还是那么年轻，那么漂亮，那么迷人。

卢瓦泽尔太太有些激动。要不要上前和她叙叙旧？当然，一定得去。既然现在她已经把债都还清了，她完全可以告诉她真相。为什么不坦白呢？

她朝她走过去。

“你好，让娜。”

对方竟然完全认不出她。一个民妇这样亲昵地叫她，令她十分惊讶。

“可是……太太……”她磕磕巴巴地说，“我不知道……您一定是认错人了。”

“没有认错……我是玛蒂尔德·卢瓦泽尔。”

她的朋友震惊地大叫一声：“哦！……可怜的玛蒂尔德，你怎么变成这样了？……”

“是啊，自从上次见面以后，我的日子便过得十分艰难，还有许多苦衷……而且，和你有关。”

“和我有关？……这话是什么意思？”

“你还记得你曾借给我一条钻石项链，让我戴着去参加教育部晚会吗？”

“我还记得。然后呢？”

“然后，我把它弄丢了。”

“怎么可能？你已经还给我了。”

“我还给你的是另外一条，与你借给我的长得一模一样。我花了十年时间，才还清因它欠下的债。对于我们这样一穷二白的人，这可真是不容易啊！……不过，我们总算还完了，我真的很高兴。”

福雷斯蒂埃太太停下脚步。

“你是说，你买了一串钻石项链，代替我的那条，还给了我？”

“是呀。你还没看出来吗？它们简直一模一样。”

说完，她幸福地笑了，那是一种自豪而天真的幸福。

福雷斯蒂埃太太激动地抓住她的双手，说：

“哦！可怜的玛蒂尔德！我的那条是假的呀，顶多值五百法郎！……”

羊脂球

一连好几天，溃军零散地穿过小城。那简直称不上军队，而是涣散的残兵游勇，脸上胡子拉碴，军服破烂不堪，慢吞吞地行进，没有军旗，也没有番号。所有人垂头丧气，疲惫不堪，无法转动脑子，也无法拿定主意，只是本能地向前走，一停下脚步就会倒地不起。总之，这是一群应征入伍的人，昔日他们爱好和平，如今却被枪支压弯了背脊；队伍中有一些时刻保持警惕的小分队，一有风吹草动就会警铃大作，随时准备着反击或者逃跑；几个穿红裤子的步兵掺杂其中，不知是哪个师的余部，在一次大战中被打散了。和这形形色色的步兵走在一起的，还有一些身着深色军服的炮兵；偶尔会有一个龙骑兵混迹其中，头盔闪闪发亮，吃力地跟在这群走得不能再慢的步兵后面。

接下来途经此地的，是几支游击队员的队伍，名字取得英勇悲壮——“战败复仇队”“坟墓公民队”“视死如归队”——神情却跟土匪恶霸似的。

他们的首领为商人出身，有的是做呢绒或粮食买卖的，有的是做油脂或肥皂买卖的，因战事所迫成了军人，又因家底殷实、胡须比别人长，所以成了军官。他们身上佩挂着武器，衣服上垂着饰带，声音低沉洪亮，经常大谈作战计划，自以为肩负着整个法国的存亡。不过，有时他们也会惧怕自己的部下，因为这些地痞流氓虽勇猛无比，却奸淫掳掠，无恶不作。

听说，普鲁士军队马上就要进入鲁昂了。

两个月来，国民自卫军一直小心翼翼地侦察附近树林的敌情，稍有风吹草动，哪怕是一只小野兔，他们也会吓得开枪，时而不慎误杀自己的哨兵。现在，这些士兵全回了家。他们的枪支、军服已经不见了，就连从前被拿来震慑四方敌军的杀人武器也忽然从人间蒸发了。

最后一批法国士兵终于渡过塞纳河，准备取道圣瑟韦和阿沙尔，前往奥德梅尔桥。走在队伍后面的是将军。他心如死灰，带着一些残兵败将，无力回天。一个习惯了胜利的民族，却遭此等惨败，虽为英勇善战的传奇将领，此时却失魂落魄地走在溃军之中。

整座城市笼罩着死一般的沉寂，似乎在无声而惶恐地等待着什么。许多从商的市民，被生意磨去了骨气，焦急地等待着征服者的到来，生怕家里的烤肉架或菜刀被当作武器，一想到这就心惊肉跳。

一切好似静止了，商铺也关了门，街上静悄悄的。偶尔出现一个外出的居民，也被这种肃静给吓坏了，贴着墙壁快速地溜走。他们巴不得敌军早日到来，也好过这样煎熬地等待。

就在法军撤离的翌日下午，几个长枪骑兵不知从哪儿冒出来，箭一般地穿城而过。不一会儿，黑压压的一大批人马沿着圣卡特琳的山坡而下；与此同时，在通往达尔塔尔和布瓦纪尧姆的两条大路上，涌现了另外两波入侵的士兵。三支队伍的先头部队不约而同地抵达市政厅广场，德军从四面八方纷至沓来，踏着沉重而整齐的步伐，震得大地嗡嗡作响。

敌方司令操着异国口音发号施令，声音传进了每户人家。那些房子看着没有人气儿，似乎无人居住，实际上在紧闭的百叶窗后面，一双双眼睛正盯着那些列队而来的男人。胜者为王、败者为寇，他们成了这座城市及其生命、财产的主人。那些居民在各自的房间里噤若寒蝉，心情与我们遭遇地震等天灾时一样，在这些灭顶之灾面前，任谁也束手无策。每当既定的秩序被推翻，百姓就会有这样的感觉——安全感荡然无存，捍卫着人权和自然的东西，只能任凭残暴无理的蛮夷践踏。就像地震摧毁房屋，埋葬整个民族；就像河水泛滥，生灵涂炭，大水冲走淹死的农民、家畜的尸体、倒塌的梁柱；就像光荣的军队屠杀那些自保的人，把其他人当作战俘掳走，以刀剑的名义烧杀抢夺，用炮声向上帝致谢。这些可怕的天灾人祸，实际上都是相似的，让世人再难相信永恒的正义、上天的庇护、人类的理性。

一些小分队挨家挨户地敲门，一头扎进房子里便消失了，这就是侵占一方领土后，随之而来的鸠占鹊巢。接着，被征服者便需要履行款待征服者的义务。

一段时间后，人们最初的恐惧消散了，一切又归于宁静。在许多家庭里，普鲁士军官会和主人坐在一起吃饭。有的军官教养不俗，也会礼貌地表达对法国的同情，愤慨地说自己厌恶战争，却又身不由己。有些人自是对他的同情报以感激，有些人也许日后会需要他的庇护。把军官给伺候好了，也许就可以少喂几张士兵的嘴。而且，何苦得罪那些他们仰承鼻息的人呢？这样做不是勇猛，而是鲁莽。从前，鲁昂的市民英勇地守卫了自己的城市，使这座城市威名远扬。如今时代不一样了，他们再也不敢鲁莽行事。最后，根据法国的礼节，他们得出这样的判断，对于家中的陌生士兵，他们可以以礼相待，只要不在公开场合表示亲近即可。他们白天在外假装不认识，晚上则在家里肆无忌惮地聊天。每天夜里，德国人可以在他们家中的壁炉前暖暖脚，多逗留一会儿。

慢慢地，小城恢复了常态。法国人还是足不出户，倒是普鲁士的士兵占据了街头。穿着蓝色军服的轻骑兵军官，傲慢地扛着杀人的武器，招摇过市。与去年在这些餐馆里喝酒的法国军官相比，他们对平民老百姓的鄙视并无不同。

不过，那里似乎萦绕着一种微妙奇怪的气氛，一种难以忍受的陌生气氛，就像是一种无孔不入的气息——侵略的气息。它充斥着私人住宅，充斥着公共场所；它改变了食物的味道，让人仿若置身于遥远的国度，身陷危险而野蛮的部落。

征服者索取金钱，大量的金钱。居民总是如数缴纳，而且他们缴得起钱。那些以买卖为生的诺曼底人越是有钱，就越不舍得出钱。看着财富一点点地转移到他人手上，每送出去一分，就会多一分心疼。

不过，沿城而下两三法里左右，在流向克鲁瓦塞、迪埃勃达勒或比埃萨尔的河里，船夫和渔民经常从河底捞起一具具泡得发胀的尸体，这些穿着军服的德国人，有的死于尖刀之下，有的让石头砸破了脑壳，有的可能是从很高的桥上被人推下水。河底的淤泥掩埋了这些晦暗不明的报复，这些无名的英雄事迹，看似野蛮却合乎情理，无声的袭击远比光天化日之下的战斗更危险，只是没有荣誉之音回响在耳边罢了。

对外敌的憎恨，总会唤醒一些大无畏的人，为信念而万死不辞。

最后，入侵者以残酷的纪律控制了整座城市，他们在乘胜追击的途中，犯下了许多臭名昭著的恶行，到了这里却一件也没干。于是人们的胆子开始大了，买卖的需求让当地的商人蠢蠢欲动了。有些人在勒阿弗尔有大买卖，这个港口现在还被法军占据着，他们想着从陆路先到迪耶普，再从那儿坐船去勒阿弗尔。

他们找到相识的德国军人，通过他们的影响力，最终从总司令那儿弄来了一份出境许可证。

然后，有人叫了一辆长途马车，由四匹马拉着，十个人买了车票。为了不引人注目，他们决定星期二天亮前出发。

这几天，地面被冻得硬邦邦的，星期一下午大约三点钟，大团乌云从北方卷着大雪而来，毫不停歇地下了一天一夜。

凌晨四点半，旅客们聚集在诺曼底旅馆的院子里，准备上车。

这些人都还半睡半醒的样子，裹着大衣在寒风中瑟瑟发抖。那厚重的冬大衣，让他们看上去像是一群肥胖的神父，穿着教士长袍聚在一起，黑暗中依稀可见彼此的轮廓，却看不清对方是谁。不过，有两个人倒是认出了对方，接着又有一个人凑上来，三人攀谈了起来。一个人说："我把妻子也带上了。"另外两个人说："我也是。"第一个人又说："我们可能不回鲁昂了。要是普鲁士人靠近勒阿弗尔，我们就越洋去英国。"三人有着同样的性情，因而都打着同样的算盘。

到了这会儿，还没人来套车。只见一个马夫提着一盏小灯笼，从一扇黑漆漆的门里出来，一瞬间又消失在另一扇门里。马厩里传来一个男人对着畜生说话和斥骂的声音，不时还有马蹄跺地的声音。由于马厩里铺着干草，地上还有粪便，所以马蹄声不大。这时，一阵轻微的铃铛声响起，说明有人在搬运马具。这轻微的响声很快变成了清脆连续的叮当声，随着马儿的动作时高时低，时而戛然而止，时而骤然响起，还伴随着马蹄铁刨地的声音。

门忽然关上了，一切声响随之消失。那几个冻坏了的商人都安静了，僵硬地站在原地，动弹不得。

银白的雪花连绵不绝地飘落下来，在天地间织起一道厚厚的帷幕。它给万物披上了一层泡沫般的雪纱，蒙住了它们的轮廓。冬夜里的城市静悄悄的，在一片无边的寂静中，只听得见雪花簌簌飘落的声音，朦朦胧胧的，难以名状。与其说是声音，不如说是一种感觉。轻盈交错的微尘，充盈了天空，覆盖了大地。

提灯笼的男人又出现了，手里拉着一匹马儿的缰绳，它的神情有点儿哀怨，显然并不情愿出来。他把马儿拉到车辕前，套上绳子。因为一手提着灯，他只好单手干活，围着马儿前前后后转了好久，才把所有马具系好。正当他要去牵第二匹马时，他看到那些站着一动不动的旅客，全身都被白雪覆盖了。他说："你们为什么不到车里去？里头至少吹不到雪。"

他们显然没想到这一点，一经车夫提醒，这才急忙往车里去。三个男人让妻子坐在最里边的座位上，等把妻子安顿好了才跟着上车。最后，其他几个满身风雪、看不清面容的旅客也上了车，坐在剩下的几个座位上，什么话也没说。

车厢的地板上铺着一层稻草，旅客们的双脚都陷在稻草里。坐在最里头的几个太太，各自带着一种暖脚用的小铜炉，通过化学炭加热。她们把炉子点好，轻声说起这种炉子的好处，聊着一些老掉牙的事情。

马车终于套好了，拉车的一共六匹马，因为车重路滑，所以又加了两匹。车厢外有人问："都上车了吗？"车内有人回答："都上车了。"于是，马车便出发了。

马车一小步一小步地往前移动，走得像蜗牛一样缓慢。车轮陷进积雪里，车厢发出呻吟声，咯吱咯吱地响。马儿一步一滑，呼哧呼哧地喘着，鼻孔里冒着热气。车夫的长鞭不停地抽响，四处飞舞，像一条细蛇一样向内缩起，接着又向外展开，拍打在圆鼓鼓的马屁股上。马儿的肌肉猛地一紧，更加卖力地往前拉。

旅途中，一个土生土长的鲁昂人说，这轻盈的雪花好似家乡的棉花。不知不觉中，天亮了，棉花雨也停了。一道昏暗的光线，突破又厚又重的乌云，照射在一片雪白的田野上，显得更加耀眼。在这银装素裹的田野里，时而出现一排披着雪凇的大树，时而出现白雪覆顶的房舍。

在车厢里，大家借着微弱的曙光，好奇地打量着对方。

在车厢里头最好的座位上，有两个人正面对面地打盹儿，那是大桥街的葡萄酒批发商鸟先生[1]和他的夫人。鸟先生从前在酒行里工作，老板做生意破了产，他就把店铺盘下来了，后来发了财。他以极低的价格把很差的酒卖给乡下的零售商，在他的朋友和熟人之间留下了骗子的名声。他是一个货真价实的诺曼底人，精明狡猾，巧舌如簧，满肚子坏水。

图尔内先生是当地的一个文人，写过一些寓言和歌谣，以思想敏锐、讽刺辛辣而著名。鸟先生的骗子名声传得人尽皆知，有一天在省政府的晚会上，见太太们有点儿犯困，图尔内提议玩一个“鸟儿飞”[2]的游戏。这个词很快传遍了整个晚会，接着传遍全城上下。在接下来的数月中，成了全省的笑料。

鸟先生这么出名，还有一个原因是他喜欢恶作剧，经常开各种玩笑，不管是善意的，还是恶意的。无论谁提到他，都会说一句：“这个鸟先生真是个大活宝！”他身材矮小，却挺着一个酒桶一样的肚子，红彤彤的脸上留着花白的髯须。

他的妻子却高大健壮，干脆利索，嗓门儿大，做事果决。她象征着店铺里的秩序和财政，而鸟先生则以他的欢快给店铺带来生气。

---

① 鸟先生：“Loiseau”在法语中的原意是“鸟”，亦音译为“卢瓦佐”。

② “飞”在法文中和“偷”是同一个词，因此“鸟儿飞”也可理解为“鸟儿偷”，暗指鸟先生是个骗子。

坐在这对夫妻旁边的是卡雷·拉马东先生，姿态格外的高贵。他出身于更高的阶层，像是棉纺织业的一位国王，坐拥三家纺织厂，获过四级荣誉勋章，还是省议会议员，是一个举足轻重的大人物。在整个帝国时期[①]，他一直是温和的反对派领袖。用他自己的话说，他只不过是用“委婉的礼剑”，攻击对方，再表示赞成，以便获得更多的报酬。

卡雷·拉马东太太比丈夫年轻许多，对派驻在鲁昂的出身名门的军官们来说，她是个令其聊以慰藉的女人。美丽优雅的她坐在丈夫对面，娇小的身子蜷缩在皮大衣里，忧伤地注视着内饰简陋的车厢。

卡雷·拉马东太太身旁坐着于贝尔·德·布雷维尔伯爵夫妇，那是诺曼底最古老、最高贵的姓氏之一。于贝尔伯爵是个身材高大的老绅士，总是刻意装扮，来烘托他与亨利四世的相似之处。在布雷维尔家族流传着一个光荣的传说，据说亨利四世曾使布雷维尔家的一位太太怀了孕，她的丈夫因此平步青云，当上了伯爵和省长。

于贝尔伯爵是卡雷·拉马东先生在省议会里的同僚，不过他代表的是奥尔良派[②]。至于他怎么会娶南特市的一个小

---

① 指法兰西第二帝国。

② 18 世纪到 19 世纪时期法国拥护波旁家族奥尔良系的君主立宪主义分子。

船主的女儿，这段故事一直是个谜。不过，伯爵夫人有着高贵的气质，待人接物恰到好处，据说路易·菲利普[①]的王子曾爱慕过她，因此整个贵族阶层都对她很是热情。她的会客厅在国内首屈一指，也是唯一还保留着往昔文人风雅的地方，要想进去可不容易。

据说，布雷维尔家的财产全是不动产，年收入可达五十万法郎。

以上这六位，就是这辆车的主要旅客，他们是社会上有钱有势的那一类人，正直稳重，遵规守纪，信仰宗教。

巧合的是，这三位太太都坐到了同一边的长凳上。伯爵夫人身边坐着两个修女，一边捻着长长的念珠，一边念念有词地诵经。年长的那个满脸是天花留下的坑坑洼洼，好似被机关枪扫射过。另一个相貌不俗，但面色苍白，看着十分虚弱，像是患了肺痨似的。那些叫人发狂、吸人魂魄的信仰，盘踞在她干瘪的胸脯里，使她日渐消瘦，活似个殉道者。

在两个修女的对面，坐着一男一女，他们吸引了所有人的目光。

男的大伙儿都认识，是被称为民主党人的科尔尼代，在

① 路易·菲利普（1773-1850）：法国国王（1830-1848）。

有头有脸的人眼中，他是个危险的家伙。二十年来，他进出所有有民主倾向的咖啡馆，红棕色的大胡子泡过每家店的啤酒杯。他的父亲生前是糖果商，给他留下了一笔价值不菲的财产，被他和他的狐朋狗友败光了；于是，他迫不及待地等待着共和国的诞生，这样他就能获得与他为了革命喝的酒相等的地位了。在 9 月 4 日那天，也许是有人成心捉弄他，说他被任命为省长了；他信以为真，于是便要去走马上任，哪知到了省长办公室前，那些管理办公室的文员却不承认他是省长，逼得他不得不打道回府。在其他方面，他倒是个好人，与人无争，乐于助人。他曾以极大的热情，投入到组织本地的防务工程当中。他让人在平地上挖了一些坑，把树林里的小树砍倒，在所有马路上设下陷阱；他对自己的防御部署十分满意，便在敌军逼近之际，心满意足地撤回城里去了。勒阿弗尔很快就会需要构筑全新的防御工事，他想着只要他去了勒阿弗尔，就可以做更多的贡献。

那个女的则是个妓女，有着她这个年纪少见的丰腴，因为发育得过早而为人所知，给她带来了“羊脂球”这么个绰号。她个头矮小，浑身圆鼓鼓的，肥得简直要流油，连手指也肉乎乎的，只在关节处有点儿凹陷，活像一串串短小的香肠。尽管如此，她皮肤紧致，光彩照人，丰满的胸脯几乎要从上衣里跳出来，娇俏鲜嫩的外表让她格外诱人，追逐她的人多如牛毛。她的脸蛋像一颗红彤彤的苹果，一朵含苞欲放的牡丹；两颗乌黑的大眼睛，镶着一圈又浓又密的睫毛，倒影落在深邃的大眼里；一张滋润的小嘴诱人亲吻，半露出两排小巧明亮的皓齿。

此外，人们还说她身上有许多弥足珍贵的优点，让人无从评价。

那些所谓的正派女人一认出她，便开始窃窃私语起来，嘴里时不时蹦出“娼妓”和“社会的耻辱”之类的词语，声音大到让她不禁抬起了头。她扫视旁座的人一圈，目光大胆且充满挑衅，车内立即鸦雀无声，长舌妇们纷纷垂下眼帘，只有鸟先生依旧饶有兴致地打量着她。

不一会儿，三位太太又聊起天来。车里有了这么个另类的女人，反倒加深了她们的友谊，她们已经到了几乎可以说是亲密无间的地步。她们决定团结一致，以良家妇女的尊严，对抗这个恬不知耻的娼妓，合法的爱情从来都高于放肆的偷情。

一见到科尔尼代，三个男人出于保守派的本能，立即结成同盟，高调地谈论着钱财，声音里满是对穷人的鄙视。于贝尔伯爵说，普鲁士人抢去了他的牲畜，破坏了他的庄稼。提及这些损失时，他的口气像是一个腰缠万贯的大地主那样满不在乎，像是在说这些损失还不足以令他拮据一年。卡雷·拉马东先生在棉纺业浸淫已久，未雨绸缪地汇了六十万法郎到英国去。对他而言，这只是一笔小钱，以备不时之需。至于鸟先生，他早已安排好了一切，将地窖里的酒统统卖给了法国军粮供应部门，因此政府欠了他一大笔钱。他此番前往勒阿弗尔，正是为了去收账。

三位先生相谈甚欢，频频交换着友好的目光。虽然身份各不相同，金钱却令他们情同手足。他们都属于有钱人那一类，裤袋里放着大把的金币，手一伸进去就会叮当响。

马车走得很慢，到了上午十点，才走了不到四法里。期间，男人们下车三次，徒步上坡。渐渐地，旅客们开始不安起来。原本他们应该在托特吃午饭，现在看来天黑前都到不了那里。他们开始焦虑地往车外张望，期待路边会出现一家小旅店。雪上加霜的是，马车突然陷进一道雪坑里，花了两个钟头才拉出来。

饥饿让他们心慌意乱，一路上不见饭馆，也不见酒肆。不断逼近的普鲁士人，时而路过的饥饿的法国军队，把所有生意人都给吓跑了。

几位先生跑到沿途的农庄里找吃的，却连一块面包也没找到。心存疑惧的农民们不约而同地把食物藏了起来，害怕被士兵们搜刮走。因为那些士兵没有粮食，一旦发现有吃的，就会用武力抢走。

到了下午一点，鸟先生抱怨他的胃空空如也。其他人也跟他一样，饿了好长一段时间。十分折磨人的饥饿感越来越强，所有人都失去了谈话的兴致。

偶尔有人打个呵欠，马上就有人跟着打呵欠。于是，每个人轮流打起呵欠来，由于他们的性格、素养、身份不同，打呵欠的方式也各不相同，有的人毫不在意地张大嘴巴，还会发出些响声；有的人无声无息的，还会用手遮住呵出热气的嘴巴。

羊脂球几次弯下腰去，仿佛在裙摆下找什么东西。她先是迟疑了一下，偷偷地打量身旁的人，接着若无其事地直起腰来。所有人面色苍白，眉头紧皱。鸟先生说，他愿意为一块猪肘子出一千法郎，他的妻子立即做了一个反对的手势，却又一言不发。一听见有人要挥霍金钱，她就心如刀割，即便是开玩笑，她也会当真的。伯爵说："老实说，我也感到不太舒服。我怎么就没想到要带点儿吃的呢？"每个人都在心中这样想。

科尔尼代倒是带了一壶朗姆酒，他大方地把酒贡献出来，却被旁人冷冷地拒绝了。只有鸟先生接受了，浅尝了一小口，便心怀感激地把酒归还，还说："这酒真不错，可以暖暖身子，还能压压饿。"酒一下肚，他的兴致又上来了。他建议效仿那首歌谣里的水手们，把船上最胖的乘客分而食之。这句话分明是在暗指羊脂球，这话令这些有教养的人难以应答。没有人接话，只有科尔尼代笑了。两个修女早已念完经，双手插在宽大的袖子里，一动不动地坐着，两眼直直地盯着地板，想必是在领受上帝赐予的痛苦，以此回报上帝的恩泽。

终于，到了下午三点，马车来到一片一望无垠的平原，前不见村，后不着店。这时，羊脂球迅速地弯下腰去，从长凳底下拖出一只大大的提篮，篮子上盖着一块白色餐巾。

她先从篮子里拿出一个小瓷碟和银酒杯，接着又拿出一个大盘子，里头盛着两只切开来的鸡，包在结成冻的酱汁里。大家看见篮子里还装着馅饼、水果、点心以及其他美食，全都包得好好的，够篮子的主人吃上三天，完全不需要路边的饭馆子。四个酒瓶从食物当中露出来。她撕下一个鸡翅膀，就着一个在诺曼底被称之为“摄政时期”的小面包，小口小口地吃起来。

所有人的目光都被她吸引了过去。香气在车内弥漫开来，令人鼻洞大开，口水直流，颌骨痛苦地痉挛着。太太们对这个卑贱的女人鄙视到无以复加的地步，恨不得杀了她，或者把她丢到外面的雪地里，把她的酒杯、篮子和食物也扔下去。

鸟先生的眼睛却紧盯着那盘鸡不放。他说：“不错，不错，这位太太比我有远见多了。有的人就是高瞻远瞩。”

她抬头看他，问：“您想尝一点吗，先生？旅途还长，这样饿下去可不行。”

他欠了欠身子，回道：“说句老实话，您的美意我难以拒绝，我真是撑不住了。现在是战争时期，顾不上那么多礼数，是不是，太太？”他向四周瞟了一眼，接着说，“在这种时候，能碰到一个乐于助人的好心人，可真叫人高兴。”

他摊开一张报纸，放在大腿上，以免弄脏裤子，然后掏出一把随身带着的小刀，挑起一只裹满冻汁的鸡腿，用牙齿把它撕开，大快朵颐地啃起来，惹得车厢里一片懊恼声。

接着，羊脂球又用温柔甜美的声音，请两位修女分享她的美食。两人二话不说就接受了，含糊不清地道了声谢，就迅速地吃起来，连眼皮子也不抬。科尔尼代也不拒绝，和两个修女一起把报纸摊在大腿上，就着这临时搭成的“餐桌”吃了起来。

几张嘴开开合合，狼吞虎咽地吃着。鸟先生在他的角落里吃得火热，悄悄地劝他的妻子也跟他一起吃。她矜持了一会儿，最终还是屈服在饥饿之下。于是，鸟先生用十分委婉的语气询问那位“可爱的旅伴”，是否可以分一小块鸡肉给他的妻子。

“当然可以，先生。”她回答道，把盘子递了过去，一脸和善的微笑。

第一瓶波尔多葡萄酒打开后，一个令人尴尬的难题出现了：车上只有一只酒杯。于是，他们只好共享一只杯子，前一个人喝完，再传给下一个。轮到科尔尼代时，羊脂球的嘴唇碰过的地方还是湿热的，他就着她碰过的地方喝，这无疑是出于礼貌。

看着周围的人都在吃东西，闻着那令人喘不过气来的香味，布雷维尔伯爵夫妇和卡雷·拉马东夫妇此时正承受着坦塔罗斯[①]所经历的永恒之苦。突然，纺织厂老板的年轻妻子娇吁一声，引得大家转过头去；只见她脸色苍白得像车外的雪，脑袋耷拉在胸前，双眼紧闭，已经晕了过去。她的丈夫赶紧向身旁的人求助，大家都不知如何是好。只见那位年纪较大的修女托起病人的头，将羊脂球的酒杯放在她的双唇间，让她喝下几滴酒。这时，美丽的太太动了一下，睁开双眼笑了一笑，有气无力地说了一声没事。不过，为了防止她再次晕倒，修女让她喝下满满一杯酒，说："没别的毛病，只是饿昏了。"

话音刚落，羊脂球的脸涨得通红，看着四个还在饿肚子的乘客，吞吞吐吐地说："上帝啊，请容我冒昧地邀请这几位先生和太太……"说到这儿她打住了，怕自讨没趣，反遭

---

① 坦塔罗斯：因恶行在冥界受罚。站在水中，但每当自己口渴要喝水时，水却退走；站在果树下，但每当伸手要摘水果时，水果却随之升高。

羞辱。鸟先生接着她的话往下说："哎，在这种情况下，大家都是兄弟姐妹，理应互相帮忙。来吧，太太们，别拘泥于礼数了，何苦不领情呢？我们连今天能不能找到地方过夜都还不知道呢！按现在这个速度，指不定明天中午也到不了托特……"那几个人还在犹豫，因为没人愿意出头承担接受这番好意的责任。

最终，还是伯爵打破了僵局。他转过头去，看着那个怯生生的胖姑娘，用一种纡尊降贵的口吻对她说："太太，我们接受您的好意。"

既然已经迈出这艰难的第一步，大家便放开肚皮尽情地吃喝。篮子里的东西已经见底了，只留下一罐鹅肝酱，一罐云雀酱，一段熏牛舌，一些克拉萨纳梨，一条硬面包，几块小点心和满满一缸腌制的小黄瓜和葱头。和所有女人一样，羊脂球也喜欢吃这些生冷的食物。

既然吃了这个姑娘的东西，大家就不好意思不同她讲话。于是，他们开始交谈起来，起初还有些生硬，后来见她谈吐得体，也就松了心防。德·布雷维尔太太和卡雷·拉马东太太都是知书达礼的人，既优雅又圆滑。伯爵夫人也很迷人，浑身散发着贵妇独有的亲切感，仿佛无论与什么粗人接触，都无法玷污她的高雅。人高马大的鸟太太就像宪兵一样死板，依旧一脸阴沉，说的话不多，吃的却不少。

接着，话题自然而然地转到了战争。大家讲述着普鲁士人的暴行、法国人的英勇。这些正在逃跑的人，全都对勇敢的同胞肃然起敬。之后，大家先后讲起个人的经历。羊脂球用她这个阶层所独有的语言，动情地讲述她是如何离开鲁昂的。

她回忆道："起初我以为自己能够留下来。我在家里囤了许多食物，让几个士兵在我家里白吃白喝，显然比流离失所强多了。可是，我一看见那些普鲁士人，就难以忍受！怒火在我的血液里沸腾，丧家之辱令我痛哭了一整天。如果我是个男人，那该有多好啊！我隔着窗户怒视那些顶着尖头盔的肥猪们，要不是女仆抓着我的手，我肯定会搬起家里的家具，朝他们身上砸去。后来，他们要住进我家。第一个走进我家里的普鲁士人，被我扑上去掐住了脖子。掐死普鲁士人，就跟掐死其他男人一样容易！要不是有人拽住我的头发，将我拖走，他早就被我掐死了。自那以后，我不得不躲起来，一找着机会就逃了出来，这才上了这辆车。"

众人对她称赞不已，而她的形象也瞬间高大起来，因为在座的其他人都没有她这样的胆量。就在羊脂球讲述的时候，科尔尼代的脸上始终保持着使徒般赞许的微笑，如果是神父听见信徒在赞美上帝，也会露出这样的微笑。正如穿长袍的教士拥有对宗教的垄断权，这个长胡子的民主派人士对爱国主义也有着独断的话语权。轮到他发言时，他用教条式的口吻，发表了一番慷慨激昂的演说，引用那些张贴在大街小巷的夸张论调，最后犀利地抨击了那个“无赖巴丹盖”[①]。

羊脂球听了十分恼火，因为她是拿破仑的支持者。她的脸涨得比樱桃还要红，气得说话都结巴了：“我倒要看看，换作是你们坐在他的位置上，你们会怎么做。那肯定精彩无比！是啊，就是你们背叛了他！要是让你们这帮无赖来治理这个国家，大家只能逃离法国了！”

科尔尼代不动声色，嘴角始终挂着一丝居高临下的蔑笑。就在大家觉得他下一秒就要破口大骂时，伯爵挺身而出，用威严的口气说，一切真诚的意见都应受到尊重，这才平息了她的怒火。伯爵夫人和纺织厂老板的妻子打从心里对共和党人士有着毫无理由的憎恨，对威风凛凛的专制政府有着一种天生的柔情。就因为这样，她们不由自主地被这个充满尊严的妓女所吸引，觉得她高尚的情操与她们如出一辙。

篮子很快就空了，十个人轻而易举地把篮子里的东西吃光了，暗自可惜篮子里没多装点吃的。这场对话又持续了一会儿，不过东西吃完之后，就有点儿冷清了。

---

① 巴丹盖是法国的一个石匠，1840 年曾协助拿破仑越狱成功。根据协助他出逃的石匠的名字，人们给拿破仑取了个“巴丹盖”的外号。

夜幕慢慢降临，夜色也越来越浓。人在消化的时候对寒冷尤其敏感，尽管羊脂球比较丰腴，但是也禁不住严寒，身子止不住哆嗦。布雷维尔太太把自己的小炉子借给她，那炉子从早晨到现在已换过几次炭。羊脂球没有推脱，马上接了过来，因为她的双脚快冻僵了。鸟太太和卡雷·拉马东太太也把自己的炉子借给两位修女。

马夫点亮了油灯。灯光往外照射，照亮了冒汗的马屁股上方的一团雾气，路两旁的雪花，似乎正随着移动的灯光飞舞。

车厢内什么也看不清，科尔尼代和羊脂球之间突然有了微小的动静；鸟先生睁着眼睛在黑暗中搜索，确信自己看见那个大胡子的男人猛地向后一退，像是吃了一记闷拳。

前方出现了细小的光亮，托特终于到了。路上走了十一个小时，加上停下让马进食和歇息的三个小时，一共花了十四个小时。马车驶进城里，在商务旅馆前停下。

车门打开了！一阵熟悉的声音令全体旅客心头一震：那是刀鞘碰击地面的声音。紧接着，一个德国军官的声音从黑暗中传来。

尽管马车一动不动，但是没有人敢下来，似乎只要人离了车，就会有屠刀落下。接着，车夫出现了，提着一盏灯，照亮了车厢深处十张惊慌失措的面孔，全部因恐惧而张大嘴巴、瞪大了双眼。

车夫旁边站着一个年轻的德国军官，高高瘦瘦的，头发是金黄色的，身体紧紧地裹在军服里，就像紧裹着胸衣的姑娘一样；一只平顶漆布军帽斜戴在半边脑袋上，看着像英国旅馆里的侍者；又长又直的胡子往下垂，越到末端越稀少，最后只余一根金黄色的细毫，细到肉眼几乎看不见。他那夸张的胡须将嘴角往下拉扯，在嘴唇上留下一道下垂的褶子。

他用阿尔萨斯省的口音，邀请旅客们下车，语气生硬地说：“先生们，太太们，你们可否下车？”

两位修女率先下车，圣人的温仁早已令她们习惯了言听计从。伯爵夫妇也下了车，接着是纺织厂老板和他的妻子，然后是把他的大个子老婆推在身前的鸟先生。他的脚一落地，便向军官问候道：“晚上好，先生。”这是出于谨慎的问候，而非礼貌性的问候。那名军官就跟一切大权在握的人一样，傲慢地睨了他一眼，一句话也不回应。

羊脂球和科尔尼代坐在车门边上，却是最后才下车的，在敌人面前显得庄严高傲。胖姑娘竭力控制情绪，让自己保持冷静。而那位民主党人士则用他轻颤的手，捻着他那红棕色的胡须，颇有点悲情的味道。在这种场合下，他们在某种程度上代表着自己的国家，因此都想要保留自己的尊严。胖姑娘有点儿看不惯旅伴的恭顺，努力地想表现得比邻座几个正派女人更高傲；而科尔尼代觉得自己应该树立好榜样，延续他在鲁昂的大路上挖壕抗敌的气节。

一行人辗转来到旅馆宽大的厨房，军官要求他们出示总司令签发的出境许可证（上面写着每位旅客的姓名、样貌、特征、职业），对照着证件上的信息，一丝不苟地检查每个人，最后说了句："好了。"便转身走了。

大家这才松了口气。这时，他们的肚子又饿了，便叫人准备晚饭，需要半个小时才能备好。当两个女佣忙着准备饭菜时，他们去查看各自的房间。房间分布在一条长长的走廊两边，走廊的尽头是一扇玻璃门，上头标着一个人尽皆知的号码，代表厕所。

最后，就在大家落座吃饭时，酒店老板出现了。他以前是个马贩子，也是个患有哮喘的大胖子，整天发出呼哧呼哧的哮喘声，不停地咳嗽，总要清喉咙里的痰。他父亲传给他的姓氏是福朗维。

他问道："哪位是伊丽莎白·鲁塞尔小姐？"

羊脂球一惊，转身回答："我就是。"

"小姐，普鲁士军官请您过去谈话。"

"和我谈话？"

"是的，如果您就是伊丽莎白·鲁塞尔小姐。"

她心下一慌，稍做思索，便果断地说："这确实是我的名字，可我不去。"

她的四周一阵骚动，每个人都在议论和思考对方为什么下此命令。伯爵走近她，说："你错了，太太。你这次拒不从命，不仅会给你种下苦果，还会给其他人招来大麻烦。反抗那些权贵之人，永远不会有什么好处。他让你过去，肯定不会有危险，估计是遗漏了什么手续。"

大家都认同伯爵的说法，央求她，催促她，终于说服了她。大家都怕她一时冲动，连累了所有人。终于，她开口了："我是为了你们才去的，记住了！"

伯爵夫人拉着她的手说："为此我们都很感激你。"

她走了，大家都等着她回来才开动。

每个人心里都有些遗憾，为什么被请过去的不是自己，而是那个冲动暴躁的姑娘。大家都默默地在心里打着草稿，万一轮到他们被请过去了，好说些阿谀奉承的好话。

过了十分钟，羊脂球气喘吁吁地回来了，气得满脸通红。她结结巴巴地说："呸！这个流氓！流氓！"

大家都急着想知道发生了什么，可她却不肯开口。伯爵再三追问，她才庄严地说："不，这件事与你们无关，恕不相告。"

于是，他们围着一个大汤盆坐了下来，里头飘出白菜的香味。尽管发生了一段小插曲，晚饭还是吃得很愉快。苹果酒的味道很不错，鸟先生和两位修女要的就是这种酒，为了省钱。其他人要了葡萄酒，科尔尼代要了啤酒。他用一种独特的方法打开瓶盖，让啤酒迅速起泡，然后把酒杯举到灯前，为了更好地鉴赏啤酒的色泽。他那把大胡子和他最爱的酒有着相同的颜色，当他喝酒的时候，他的大胡子也在满心欢喜地颤动着，有些酒沫还留在上面。他斜睨着手中的酒，脸上的表情像在履行他生来就该履行的职责。他生平有两大爱好：浅色啤酒和革命。有人会说，这两者已经在他的脑海里紧密地联系在一起，甚至合二为一，因此他在品味其中一个时，自然而然地会想到另一个。

福郎维夫妇坐在餐桌的尽头吃饭。丈夫像个破火车头喘个不停，光是一边吃饭一边说话，就会让他喘不过气来，妻子却喋喋不休地说个没完。她说起普鲁士人到来以后给她的各种印象，他们做了什么，说了什么；接着唾弃起普鲁士人来，一是因为他们害她破财，二是因为她的两个儿子是军人。她总是对着伯爵夫人说话，为能与这样一位高雅的贵妇交谈而倍感光荣。

后来，她又压低嗓音，说些敏感的话题，她的丈夫时不时打断她，奉劝道："福朗维太太，你最好别说了。"

可她置若罔闻，自顾自地往下说："是的，夫人。这些德国人光吃不做，只会一个劲地吃我们的马铃薯和猪肉。还有，别以为他们有多讲究卫生！一点儿也不！恕我直言，他们竟然随地拉撒。要是您见过他们训练，那才真叫有趣呢。他们会在一块空地上集合，一练就是好几个时辰，有时甚至是好几天，不断地往前走，向后走，向左转，向右转。他们大可在家种地，或者留在国内修路，这样不是更好吗？但是不，夫人，这些军人一点用也没有！穷人们供养着这群军人，难道为的就是让他们去学杀人？是啊，我只是个目不识丁的老太婆，可是当我看见他们从早到晚只会踏步，踏到自己筋疲力尽，我就在想：这世上有人一心发明对别人有用的东西，也有人拼命练习怎么伤害他人，这是为什么呢？不管对方是鲁普士人、英国人、波兰人，还是法国人，伤人总归是一件可怕的事情，不是吗？如果有人伤害了你，你寻机报复就会受到惩罚；可当我们的儿子被人当野鸡一样开枪打死时，这反倒一点错也没有，而且杀人最多的那个还会得到勋章。这究竟是个什么世道，我永远也不可能想明白。”

科尔尼代提高嗓门，说：“如果是为了侵略一个和平友好的邻国，战争就是一种野蛮行为；如果是为了保家卫国，战争就成了一种神圣的职责。”

老妇人垂下头，说：“不错，自卫是另一回事；但是那些以战争为乐的国王，把他们杀光了不是更好吗？”

科尔尼代眼睛一亮，称赞道：“说得好，女公民！”

卡雷·拉马东一直在沉思。虽然他疯狂地崇拜一切杰出的将领，但是这位村姑的见解却令他不禁想象，这么多游手好闲的人要是都投入到生产中，这么庞大的力量要是都投入到需要好几百年才能完成的工业建设中，那将会给这个国家带来多大的财富啊！

鸟先生离开自己的座位，走到旅馆老板身边，低声交谈。他的笑话逗得大胖子呵呵大笑，肥圆的肚皮也笑得一颤一颤的，又是咳嗽，又是吐痰。很快，他就向鸟先生订了六桶波尔多葡萄酒，约好了等来年普鲁士人离开后的春天交货。

晚饭一结束，大伙儿都乏了，便回房休息。

不过，鸟先生暗中观察到一丝不对劲。安顿好妻子上床睡觉后，他一会儿拿眼睛对着锁孔往外看，一会儿把耳朵贴在门板上，一心想要发现“走廊上的秘事”。

过了一个小时，果然听到一阵窸窣的声音，他立即拿眼睛往外看，看见了羊脂球。她身穿一件蓝色羊绒浴袍，衣服上镶着白色的蕾丝花边，让她更显丰满。她手里托着一个蜡烛台，朝走廊尽头的厕所走去。这时，走廊边上有一扇门也轻轻地开了。几分钟过后，她从走廊尽头回来了，穿着背带裤的科尔尼代尾随着她。他们低声说着话，然后站住了。羊脂球似乎用了很大的力气，阻止他进入她的房间。可惜的是，鸟先生听不清他们的对话。好在后来，两人的声音大了些，他才听清楚了几句。科尔尼代热切地要求：“你可真傻，这对你来说，又算得了什么呢？”

羊脂球愤慨地说：“有些场合不该做这些，在这里就是一种耻辱。”

他感到莫名其妙，追问她为什么。

这令她大为恼火，厉声说道：“为什么？您真的不知道为什么？难道您不知道这屋子里有普鲁士人，他们也许就住在隔壁？”

科尔尼代哑口无言。与敌人为邻，连妓女都不愿被男人爱抚，这种爱国的廉耻心唤醒了他那微弱的自尊心，他只是简单地亲了亲她，便悄悄地回到房间里去了。

鸟先生看得心猿意马，他离开锁孔，在房间里手舞足蹈，戴上睡帽，掀起盖在妻子身上的硬邦邦的棉被，一个亲吻将她弄醒，喃喃地问：“亲爱的，你爱我吗？”

整座房子都安静了。可是没过多久，一阵鼾声不知从何处传来，方向也难以辨明，可能是地窖，也可能是阁楼。响亮的、单调的、有节奏的鼾声，像汽锅在蒸汽压力下发出的嘶鸣，低沉而悠长，那是福朗维先生在酣睡。

第二天早晨八点是约好的出发时间，时辰一到大家便在厨房集合。可是，那辆马车却孤零零地停在院子里，顶篷上积了一层雪，不见马儿，也不见车夫。他们去了马厩，去了草料房，去了车库找人，却无功而返。于是，男人们决定再到镇上找找，便出了门。他们来到一座广场，广场一头是座教堂，两边是一些低矮的房舍，里头有几个普鲁士士兵。他们先是看见一个士兵在削土豆皮，接着又看见稍远处的一个士兵正在打扫理发店。还有一个满脸胡子的士兵，正抱着一个哭闹的婴儿，放在膝盖上摇晃、安抚。几个粗胖的农妇，她们的丈夫都“出门打仗”了，正用手势指使那些乖顺的战胜者们干活：劈柴，烧汤，磨咖啡。有个士兵甚至还为他的女房东洗衣服，一个体弱的老妪。

这场景让伯爵大为惊讶，看见一个从神父住宅里出来的教区执事，便向他出声询问。这位老先生回答：“哎，他们并不是坏人。据说他们来自更远的地方，我也不知道是哪儿，总之不是普鲁士人；他们也是被迫出来打仗的，只好把妻儿留在故乡。我可以告诉您，他们也不喜欢打仗。我相信他们的老婆孩子也在为这些男人哭泣，就跟我们的老婆孩子一样，战争给他们带来的痛苦并不会比我们的少。事实上，眼下的情况还不算太坏，这些士兵并没有胡作非为，而是在这里踏实地干活，就跟在自己家里干活一样。您看，先生，穷人之间总是互帮互助……挑起战争的都是那些大人物。”

战胜者和战败者能如此和睦地相处着，这令科尔尼代看了极为不满，他宁可把自己关在旅馆里。鸟先生诙谐地说：“他们在给当地增添人口呢。”

卡雷·拉马东先生却一脸严肃地说："他们是在赎罪。"

他们在镇上怎么也找不着车夫，最后终于在一家乡下咖啡馆找着他了，看见他正和传令兵坐在一起，两人跟亲兄弟似的。

伯爵厉声问道："我们不是交代过你，要在八点备好马车吗？"

"哦，是的，可后来我又收到了别的指示。"

"什么指示？"

"不要套车。"

"谁给你这样的指示？"

"普鲁士人给的。"

"为什么？"

"我也不知道。你自个儿问他去吧。人家禁止我套车，我就不套车，就这么简单。"

"是他亲口告诉你的吗？"

"不是的，先生。是那位旅馆老板传的话。"

"什么时候？"

"昨天晚上，我正要去睡觉的时候。"

三个男人忧心忡忡地回去了。

他们要求见福朗维先生，可仆人说因为哮喘的缘故，他向来要睡到十点以后才起床。除非旅馆着火了，否则不得在十点前吵醒他。

他们想见那名普鲁士军官，但他人虽住在这里，想见他一面却难如登天，只有福朗维先生有资格就民事纠纷的事务去找他。女士们都回到各自的房间里，去忙一些芝麻蒜皮的小事儿。

科尔尼代坐在厨房里高大的壁炉旁，里头的火烧得很旺。他叫人搬来一张咖啡桌，摆上一瓶啤酒，掏出了烟斗。这只烟斗所受到的民主党人士的尊重与它的主人不相上下，仿佛它为科尔尼代服务，就是在为国服务一样。这是一只十分精致的海泡石烟斗，和它主人的牙齿一样乌黑，散发着淡淡的木香味，斗柄柔美的弧度，完美地贴合主人的手心，为他的形象增色不少。科尔尼代一动不动地坐着，眼睛时而盯着炉子里跳跃的火焰，时而盯着啤酒上面的泡沫。每喝一口，他都要心满意足地用细长的手指捋一下油腻的头发，吸走沾在胡子上的泡沫。

鸟先生借口要出去活动腿脚，其实是去找当地的经销商，向他们推销酒去了。伯爵和纺织厂老板开始谈论政治，预测法国的未来。其中一个相信奥尔良派能扭转乾坤，另一个相信时势造英雄，在穷途末路的时候，一定会有救世主出现，也许会是另一个杜·盖克兰[①]，圣女贞德，拿破仑一世？哎！要是王子[②]再大一点就好了！科尔尼代听着他们的对话，脸上带着那种洞悉天命的微笑，仿佛命运的钥匙就握在他手中，整个厨房里弥漫着他的烟味。

十点的钟声敲响了，福朗维先生终于出现了。大家急忙问他为什么不让套车，他把长官说的话一字不改地重复了两三遍："长官这么对我说，'福朗维先生，请你通知他们明天不要为那几位旅客准备马车，没有我的命令谁也不准离开。听清楚了吗？就是这些。'"

于是，大家请求去见那位军官。伯爵派人把自己的名片送过去，卡雷·拉马东也在上头写下自己的名字和头衔。普鲁士军官派人回话，说他愿意在午饭之后见这两人，也就是在下午一点钟左右。

太太们也来到厨房，虽然忐忑不安，但还是吃了点东西。羊脂球像是生病了，一脸心事重重的样子。

咖啡快喝完的时候，传令官来找两位先生。

鸟先生也跟着去了。为表示重视，他们想让科尔尼代也跟着去，可他却高傲地表示，不想跟德国人有任何接触。说

① 杜·盖克兰（1320–1380）：法国民族英雄，百年战争初期杰出的军事领袖，从 1370 年到他去世前一直任法国骑士统帅。

② 指拿破仑三世的儿子，当时年仅十四岁。

完，他就坐回到壁炉前，又要了一瓶啤酒独饮。

于是，三个男人上了楼，进入旅馆中最气派的房间。那位军官就躺在一张安乐椅上，双腿搁在壁炉上，叼着一只长长的瓷烟斗，身上裹着一件艳丽的睡衣，想必是某个趣味低级的市井小民逃难时留在家的，被他给征用了。自他们进门后，他没有起身，没有问候，连眼皮也没有抬一下，淋漓尽致地展现了战胜者那种傲慢无礼的姿态。

过了一会儿，他总算开口了："有何贵干？"

伯爵回答："我们想离开，先生。"

"不行。"

"能否冒昧地请教一句，为什么？"

"因为我不想。"

"先生，希望您还记得，您的总司令给我们发了出境许可证，允许我们到迪耶普去。我不知道我们犯了什么错，要受到这样严苛的对待？"

"我不想，这就是原因，你们可以走了。"

三人欠了欠身，退了下去。

他们想不明白，为什么德国人这么善变，他们没头没脑地胡思乱想，整个下午过得十分煎熬。大伙儿聚在厨房里，没完没了地说着这件事，幻想着各种千奇百怪的理由。也许是想将他们扣为人质？可这么做的理由是什么？也许是想将他们当战俘带走？或者是想敲诈？一想到这点，他们就惊恐万分，尤其是最富有的那个，仿佛看见了他们即将为了活命，拱手将一袋袋金子放进那个莽夫的手里。他们搜肠刮肚地想编个好谎话，来隐藏他们的财富，伪装成穷得叮当响的穷光蛋。鸟先生摘下表链，放进口袋里。夜晚的到来，令人更加心神不宁。灯点上了，离吃晚饭还有两个小时，鸟太太提议玩一局三十一点[①]，让大家解解闷。众人同意了，连科尔尼代也加入了牌局。为了表示礼貌，他将烟斗熄掉了。

伯爵洗牌、发牌，羊脂球手气很顺，一开局就拿了三十一点。玩牌的兴致很快冲淡了他们心中的焦虑，科尔尼代却发现鸟氏夫妇在作弊。

正当大家准备吃晚饭时，福朗维先生又出现了，用沙哑的声音问："普鲁士军官派我来问伊丽莎白·鲁塞尔小姐，您改变主意了吗？"

羊脂球站在位子上，脸色煞白，随后又涨得通红。一股怒火堵在胸口，令她说不出话来。最后，她终于爆发了："请您转告那个下流的禽兽，那个无耻的混蛋，我绝不改变主意！请您听清楚了，绝不，绝不，绝不！"

身宽体胖的旅馆老板走了。他前脚一走，大家连忙围住

---

① 一种纸牌游戏，三张牌合起来得三十一点即胜出。

羊脂球，问她军官先前为何指名要见她。她起初不肯说，没多久就气得藏不住话，说道："他想干什么？他想让我陪他睡觉！"

听了这话，大家都极其义愤填膺，也顾不得这话说得有多粗鄙刺耳。科尔尼代愤慨地将杯子往桌上一拍，力气大到把杯子都震碎了。所有人都怒气冲冲的，痛骂这个无耻的军官，众人难得同仇敌忾，仿佛她受到的羞辱，在场的每个人都有份。伯爵带着厌恶的口气说，这些人的行为就像原始社会的野蛮人，太太们更是殷切地对羊脂球表示慰问。两个修女只有吃饭时才露面，她们始终垂着头，惜字如金。

第一阵愤怒过去后，大家开始就餐，期间很少说话，各有所思。

太太们早早地回房休息了，男人们都在抽烟，还组织了一场牌局，把福朗维先生也叫来，想一边玩一边假装无意地问他，有什么法子能让军官放他们走。可是，这家伙一心只想着玩牌，什么也不听，什么也不回答，还不停地提醒："专心打牌，先生们。"他玩得专心极了，连吐痰都忘了，胸腔里发出拉风琴一样的气喘声。他那呼哧呼哧响的肺叶，能够发出各个音阶的喘息声，从深沉浑浊的低音，到尖锐生硬的高音，像小公鸡学打鸣的啼叫声。

他的妻子犯困了，来唤他上楼睡觉，被他给拒绝了。

于是，她便自个儿走了。她向来习惯早起，太阳一升起就起床；而他沉迷于晚起，可以和朋友彻夜打牌。他只说了一句“把我的蛋奶酒放在炉火边上”，便继续埋头打牌了。大家明白从他嘴里问不出话来，便推托说该休息了，各自回了房间。

第二天，大家都起得很早，心里怀着一种淡淡的期待，期待他们能够被允许上路。他们比以往更加希望能够早日启程，也更加害怕要在这个讨厌的小旅馆里多耗上一天。

哎！马儿依旧被关在马厩里，车夫依旧不知所踪。大家无事可做，只好绕着马车转悠。

吃午饭时，大家满面愁云，对羊脂球的态度也变得冷淡了。经过一晚上的讨论，他们的观点已悄然改变。在早晨的寒光里，他们甚至有点儿埋怨这个姑娘，为什么没有偷偷地去找那个普鲁士军官，好让大家一早醒来就收获惊喜。再说了，这事儿又有谁会知道呢？她可以对军官说，她是不忍心看大家受苦才改变心意的，这样就不会丢脸了。对她来说，这种小事算得了什么？

不过，谁也没把这些话摊开来说。

到了下午，伯爵见大家闷得要命，便提议到镇上去走走。每个人把自己裹好便出发了，只有科尔尼代留在旅馆里，他宁愿坐在壁炉边上；两个修女则习惯了白天不是去教堂，就是去神父家里。

天气一天比一天冷，冻得鼻子和耳朵如针刺般疼，两只脚也被冻得麻木了，每迈出一步都是酷刑。当田野出现在眼前时，一望无际的雪白令人感到恐惧、悲怆。于是，他们立即拔腿往回走，心情无比沉重。

四个女人走在前头，三个男人跟在后面，相距不是很远。

充分了解局势的鸟先生突然问，那个“婊子”是不是会害大家一直被困在这里。向来彬彬有礼的伯爵说除非是她自愿的，否则他们不能逼迫一个妇女做出此等惨痛的牺牲。卡雷·拉马东先生说，如果真如传言所说，法国要借道迪耶普，向普鲁士发动反击，那么双方必定会在托特交锋。另外两人听了，更加焦虑不安。

鸟先生问：“我们能否不坐车，徒步逃出去？”

伯爵耸了耸肩道：“在这种冰天雪地里，带着我们的妻子，如何步行？不出十分钟，就会有士兵追上我们，把我们逮回去，当成罪犯处置。”

这话说得不错，大家都沉默不语。

女人们聊着服饰，但似乎受到某种束缚似的，无法畅所欲言。

突然，军官出现在街角，高大的身影倒映在一望无际的雪地上面。他叉开双膝向前走，那是军人独特的姿势，为的是不弄脏刚擦过的皮靴。

他经过太太们身边时躬了躬身子，轻蔑地瞥了男人们一眼。男人们还算有自尊心，没有向他行脱帽礼的意思，只有鸟先生做出了脱帽致意的动作。

羊脂球的脸唰地红了，一直红到耳根子。三位太太见自己被军官撞见跟他想要玩弄的妓女走在一起，一时羞愤难当。

女人们开始谈论这位军官，对他评头论足起来。卡雷·拉马东夫人认识不少军官，评价起他们来自然是个行家。她认为这个军官长得并不难看，只可惜他不是法国人，否则他将会是一个英俊潇洒的轻骑兵，令所有女人神魂颠倒。

一回到旅馆大家便不知该做什么，甚至为了一些芝麻大点的事儿，语气也变得刻薄。晚饭时，大家都沉默不语，很快就吃完了，每个人早早地上了床，想靠睡觉来消磨时间。

第二天早晨，大家下楼后，脸色都很疲惫，脾气也很差。太太们几乎不跟羊脂球说话了。

这时，一阵钟声从教堂中传来，那是某个孩子接受洗礼的钟响。胖姑娘曾育有一子，寄养在依佛多的一个农民家中，一年也见不上一面。她平时并不想念自己的骨肉，可是那个马上要接受洗礼的孩子却勾起了她内心的母爱，便坚持要去教堂里参观仪式。

她一离开，大伙儿便拉着椅子凑到一块儿，你瞧我，我看你。他们觉得不能再这么耗下去，是时候做出一个决定了。

鸟先生有一个主意：让羊脂球留下，放其他人走。

福朗维先生又承担起了传话的任务，可他没过多久就回来了。那个德国人太了解人类的天性了，只要他的欲望得不到满足，所有人就都得留下。

这时，鸟太太大发雷霆，市井小民的本性暴露无遗。

她说："难道我们要老死在这里？既然妓女的行当就是干这个的，我想她就应该迎合所有的男人，没有权利挑三拣四。要我说，她在鲁昂可是来者不拒，哪怕是马夫！没错，太太，省长的马夫！这事儿我是知道的，因为他的酒是从我店里买的。今天大伙儿有难需要她帮忙，她反倒装腔作势起来，真是个不要脸的婊子！依我看，这个军官一直很守规矩，大概是许久不近女色，才会行此孟浪之事。我们三位太太肯定更合他的意，可是他却要了那个人尽可夫的女人，这样便心满意足了，所以他是尊重有夫之妇的。你们想想看，他是这里的主人，不管他想要谁，只要一声令下，就能让士兵们逼那个人就范。"

听完这些，另外两位太太不禁打了个冷战。美丽的卡雷·拉马东太太先是眼睛一亮，接着面色苍白，仿佛自己已经被那位军官给玷污了。

一直在商讨大事的男人们走了过来，怒不可遏的鸟先生建议把这个"无耻的女人"五花大绑，上交给军官。伯爵却不赞同此等做法，他出身于一个外交世家，祖上三代皆出过大使，自己也颇具外交官风度。他主张智谋，而非武力。

“最好是让她自愿。”

于是，这些人开始密谋起来。

太太们紧挨在一起，压低声音，各抒己见，谈吐优雅。她们十分擅长使用婉转而优美的辞藻，来谈论那些荒淫无耻的事。如此委婉晦涩的语言，外人听了绝对不知所云。不过，女人的廉耻只不过是披在表面的一层薄衣。碰上这种风流韵事，她们的内心其实雀跃不已，得心应手地策划别人的性事，就像一个嘴馋的厨师，在为另一个人准备晚餐。

气氛又重新欢快了起来。峰回路转之后，整件事变得妙趣横生。伯爵说了一些近乎狎猥的俏皮话，但是说得极为巧妙，让人听了忍俊不禁。轮到鸟先生时，他说了几句不堪入耳的下流话，但是没有人觉得不妥。鸟太太先前说的话，已经直白地道出了所有人的心声：“既然妓女的行当就是干这个的，她就没有权利挑三拣四。”温柔秀气的卡雷·拉马东太太甚至想，如果她是羊脂球的话，反而宁愿接待这位军官。

这些人精心地算计着，仿佛要去攻克一座堡垒。大家定好了各自要扮演的角色，要引用的经典，以及要采用的手段。他们拟定了作战计划、战略部署、突击战术，来攻陷这座活堡垒，让它打开城门，迎接敌人入城。

科尔尼代一直站在边上，对整个计划置身事外。

他们是那样专注，连羊脂球回来了都没有察觉。直到伯爵轻轻地“嘘”了一声，大家才抬起头来。一发现她站在面前，所有人噤了声，尴尬得不知该对她说什么。伯爵夫人参加过许多沙龙，比其他人更懂得该如何应对这种场面，她若无其事地问：“洗礼有趣吗？”

胖姑娘依旧激动不已，滔滔不绝地讲起她见到了什么人，那些人是什么姿态，还说起了教堂的样子。末了，她还加了一句：“偶尔去祷告一次也不错。”

一直到吃午饭这段时间，几位太太对她都很亲切，以便增加她的信任，好让她听从她们的劝告。一上饭桌，众人便拉开了围攻的序幕，先从献身精神谈起。他们列举了一些古人的例子，先是说到朱迪思和荷罗孚尼的故事①，接着又

---

① 亚述国王尼布甲尼撒二世令其大将荷罗孚尼率军讨伐不听号令的周边小国，有人警告荷罗孚尼不要攻打犹太人，因为只要犹太人对上帝保持忠诚，上帝就会帮助他们。荷罗孚尼不听劝告，发兵包围了耶路撒冷附近的犹太人。美丽而虔诚的犹太寡妇朱迪思假装成告密者来到荷罗孚尼的军营，以美色引诱他，诱使荷罗孚尼邀请她到帐中饮宴，荷罗孚尼醉酒睡去，朱迪思挥剑斩下他的头颅，将其带回犹太城中。欢呼的犹太人攻击失去首领的亚述军队，令其溃败逃走。

无缘无故地提起鲁克莱蒂娅和塞克斯图斯的故事[①]，还提到埃及女王克里奥佩特拉，据说她曾用美色降服敌军，将他们变得如奴隶般温顺。接下来是一段荒诞不经的故事，是由愚昧无知的百万富翁凭空想象出来的。他们说，罗马的女人们跑到加普亚去，将汉尼拔和他的副将以及士兵抱在怀里，哄他们进入温柔乡。他们无比敬佩地细数那些伟大的女性，她们将自己的身体变成沙场，变成制敌的工具，变成杀敌的武器，拖住敌人胜利的步伐；她们用英勇的爱抚，战胜丑恶的敌人，为报仇和忠诚献出贞操。

他们甚至用隐晦的语言，谈起英国上流社会的一名女性，故意染上一种可怕的疾病，想要传染给波拿巴。好在波拿巴突感不适，才躲过了这次致命的幽会。

他们把话说得很得体，分寸拿捏到位，并不急于求成。不时称叹几句，希望能激励她，去效仿这些女性。

任谁听了这些天花乱坠的话，恐怕都会误以为女人唯一的职责，就是一次又一次地牺牲自己，任凭那些士兵糟蹋。

两个修女似乎陷入沉思之中，什么也没有听见。羊脂球自始至终一言不发。

---

① 古罗马时期的王子塞克斯图斯荒淫无度，觊觎同宗青年贵妇鲁克莱蒂娅的美貌并奸污了她，最后导致鲁克莱蒂娅自杀，其丈夫以及父亲发动兵变。

整个下午，大家都在向她洗脑。而且，以前大家都称呼她为“太太”，现在却只称呼她为“小姐”，谁也说不清这是为什么，似乎是有意无意地想要降低她好不容易获得的尊严，让她认清自己正处在卑贱的地位。

吃晚饭的时候，福朗维先生又来了，重复着昨天说过的话：“普鲁士军官派我来问问伊丽莎白·鲁塞尔小姐，您改变主意了吗？”

羊脂球冷冰冰地回答：“没有，先生。”

晚餐期间，同盟军的攻势变弱了。鸟先生说了三句收效甚微的话，每个人搜肠刮肚地想找一些新故事，但都找不到合适的。伯爵夫人问那位年长的修女，能否说说圣徒们的事迹，她事先并未做此打算，只是隐约觉得有向上帝求助的必要。好多圣徒为了上帝的荣誉，或者为了众人的福祉，做了一些在百姓眼里看来是犯罪的事情，但教会总是毫不犹豫地予以赦免。这是一个很有力的论据，伯爵夫人充分利用了这一点。

如此一来，不管是出于默契，出于不露声色的谄媚（任何披着宗教外衣的人都懂得如何见风使舵），还是出于正合他们心意的愚钝，老修女在这场阴谋中起到了推波助澜的作用。大家原以为她胆小怕事，但她却表现得能说会道，抱愚守迷。她不受任何是非黑白的影响，她的教义如钢铁般坚硬，她的信仰无人能动摇，她的良心从未有过不安。她认为亚伯拉罕的牺牲再自然不过，只要天主有令于她，她也会杀父弑母，毫不手软。在她看来，无论做什么事，只要用意是好的，就不会触怒天主。伯爵夫人不断地引导这个意料之外的同谋，任由她带着神圣的权威发表长篇阔论，在"只要目的是好的，就可以不择手段"的道德准则上尽情发挥。

接着，她问老修女："那么，嬷嬷，只要动机是纯洁的，无论做了什么，无论带来了什么结果，上帝都会接受的，是吗？"

"太太，难不成有人会怀疑这一点？本该受到谴责的行为，由于它的用意是好的，也就变成了一桩值得夸赞的善事。"

她们就这样一唱一和地说着，剖析着上帝的旨意，预测着他的决定，让上帝去关心一些他根本不会关心的小事。

她们的对话很隐晦，既巧妙又严谨。这个戴着修女帽的嬷嬷，说出的每一句话都在攻击羊脂球的防线。接下来的对话就有点儿离题了，这个挂着念珠的修女谈起了她们的修道院，谈起了自己的故事，谈起了那个瘦小的同伴——圣尼塞福尔。她们奉命前去勒阿弗尔的医院，照顾染上天花的士兵。她描述起那些可怜的人，描述起病情的种种细节。这几天也许有好多法国人死去，要不是任性无理的普鲁士人把她们扣留在此地，他们本可以被救活的！照料军人是她的专长，她去过克里米亚、意大利、奥地利。在说起她参加过的战役时，她就像那些教会派来打鼓吹号的助手一样，仿佛生来就要随军辗转战场，冒着枪林弹雨救死扶伤，简单一句话就能让那些不服管教的士兵听话，比长官还要有威信力。她不愧是一个习惯了战火硝烟的好修女，一张满目疮痍的麻子脸，就是一幅反映战火摧残的景象。

她说完之后，大家都不敢接话，害怕破坏了效果。

晚饭一吃完，大家很快就上楼回房，第二天上午很晚才下来。

大家午饭吃得极其安静，都在静待昨晚播下的种子，能够发芽开花。

伯爵夫人提议下午出去散步。伯爵按照事先串通好的，挽着羊脂球的手臂，和她一起走在其他人后面。他用他那个阶层的男人对待妓女所特有的语气，亲切仁慈却又略带不屑地称呼她为“我亲爱的孩子”，以崇高的社会地位，无可置疑的声望，居高临下地对待这个姑娘。

接下来，他开门见山地说：“你难道宁愿让大家留下来，等着受普鲁士军人的凌辱，也不愿意通融一次，做一次你一生中已经做过无数次的事情吗？”

羊脂球没有回答。

接着，他用温柔的语言，理性的分析，情感的攻势，继续劝说羊脂球。他知道如何一边向女人大献殷勤、奉承恭维，一边维持着“伯爵”的姿态，必要时也能变得平易近人。他先是极力抬高她，说如果她愿意帮忙，大家将会十分感激她。接着又以“你”相称，亲切地对她说：“你知道，亲爱的，将来他会向人吹嘘，说他尝过一个漂亮姑娘的滋味，那可是在他的国家很难找到的一个大美女。”

羊脂球还是一言不发，快步追上了走在前面的人。一回到旅馆，她便马上回房，不再出来。大家不安到了极点，不知她会做何抉择？要是她仍旧抗拒，他们该有多尴尬！

钟声敲响了，预示着晚餐时间到了，大家都干坐着，等羊脂球出现。这时，福朗维先生进来了，称鲁塞尔小姐身体不适，让他们先行用餐。大家都竖起耳朵，仔细听他的话。伯爵靠近胖老板，轻声地问他：“成了？”

“成了。”

为了不失礼仪，伯爵什么也没说，只是朝他的同伙轻轻地点了点头。

所有人心中的大石终于落下了，脸上都洋溢着喜悦之情。

鸟先生大喊：“他妈的，这会儿要是有香槟酒，我就请大家喝！”当旅馆老板真的拎着四瓶香槟酒进来时，鸟太太不由得心痛万分。突然之间，大家变得热情奔放，心里充满了快乐，连话也变多了。伯爵忽然觉得卡雷·拉马东太太是那么迷人，纺织厂老板也对着伯爵夫人大献殷勤。大伙儿聊得热火朝天，一个个妙语连珠，机智风趣。

忽然，鸟先生焦急地举起双手，大吼一声："安静！"大家吓得赶紧住嘴，不知道发生了什么事。只见他"嘘"了一声，用手指了指上方，抬头看着天花板，竖着耳朵似乎在听什么。过了一会儿，他才恢复平时的语气，平静地说："好了！一切都很顺利！"

大家起初不知道他葫芦里卖的什么药，但是马上就意会过来了，暗自窃笑起来。不一会儿后，他又故技重施，整个晚上乐此不疲地重复了好几次。他佯装是在和楼上的什么人交谈，向那人提了些一语双关的建议，全是他这种走南闯北的商人才想得到的话。有时，他会故作哀愁，唉声叹气道："可怜的姑娘啊！"有时，他会面露愠色，咬牙切齿地咕哝："啊！该死的普鲁士人！"有时，他会装腔作势地大喊："够了！够了！"接着又像是在自言自语："希望我们还能再见到她，那个可恶的家伙，可别把她给弄死了！"

这些戏谑的话尽管低俗，却把大家给逗乐了，而且对谁都没有伤害。与其他事物一样，愤怒也是要看环境的，而他们周围的环境已充满了淫荡的味道。

享用点心的时候，妇人们喝了很多酒，说了一些具有暗示性的俏皮话，眼波流转，充满意味。伯爵即使是在放松的时候，也依然保持着高贵的风度。他打了一个很受大家赞赏的比方：北极的冰封期终于结束，一群被困在那里的人终于看见了通往南方的航道，于是个个都喜出望外。

鸟先生突然站起来，手里端着一杯香槟，说："来，为我们大难不死而干杯！"所有的人都站了起来，欢呼着表示同意。就连两个滴酒不沾的修女，也在太太们的怂恿下，就着香槟的泡沫抿了抿嘴唇，还说它尝起来很像柠檬汽水，味道却好很多。

鸟先生接着说："可惜没有钢琴，否则就能弹琴助兴，共跳一支四对舞。"

科尔尼代从头到尾不发一言，没有做任何表示。他好像沉浸在极其严肃的思考之中，时而用力地拉扯他的大胡子，仿佛想把它拉长些。最后，快到半夜的时候，大家终于要散场了，站立不稳的鸟先生拍了拍他的背，含糊不清地说："您今天晚上闷闷不乐的；为什么一句话也不说，老伙计？"

科尔尼代猛地抬起头，用明亮的眼睛恶狠狠地扫视了一遍这帮人，说："我告诉你们，你们联手干出这样的勾当，真是卑鄙无耻！"他站起身来，走到门口，又重复了一遍："卑鄙无耻！"说完便甩袖而去。

突如其来的一盆冷水，令鸟先生猝不及防，呆若木鸡。不过，他很快就恢复如常，呵呵大笑地说："我的朋友，他这是吃不到，就朝我们撒气呢。"大家听不懂他的言外之意，他便把"走廊秘事"说出来。这一下子，大家简直乐得忘乎所以。太太们兴奋得跟疯婆子似的，伯爵和卡雷·拉马东先生笑出了眼泪，他们简直不敢相信，还有这样一桩妙事。

"真有这回事？你确定吗？"

"我亲眼所见。"

"结果她拒绝了？……"

"正是，因为普鲁士人就住在隔壁。"

"你没搞错吧？"

"这是真的，我敢对天发誓！"

伯爵笑得喘不过气来，纺织厂老板也笑得捂住了肚子。

鸟先生接着道："这下子你们明白了吧，今天晚上他一点儿也开心不起来！一点儿也不！"三个人又一次哈哈大笑，笑得快噎住了。

大家就这样在欢乐中散了。鸟太太天生就一副尖酸刻薄的嘴脸，上床睡觉的时候对她的丈夫说，卡雷·拉马东太太可真是个"小妖精"，一整个晚上都笑得很勉强。

她说："你知道，女人要是看上了穿军装的，不管这个男的是法国人还是普鲁士人，在她们眼里都一样。这可真叫人恶心！”

整整一夜，漆黑的过道里偶尔能听见轻微的声响，像是有人在窃窃私语，或是光着脚丫走路，还有一些难以捉摸的咯吱声。过了很久，房门底下的缝隙里还透出灯光，想必大家都到了很晚才睡着。这就是香槟的作用，据说会让人亢奋得难以入眠。

第二天早晨，冬日的暖阳照得白雪熠熠生辉。这次，马车终于套好了，在门口等着大家。一群红眼睛黑瞳孔的白鸽，身上裹着鼓鼓的雪白的羽毛，威风凛凛地在六匹马儿脚下走来走去，啄开冒着热气的马粪，寻找能果腹的食物。

车夫裹着羊皮袄，在车座上抽着烟斗，所有旅客满面春风，迅速地把下一段旅途要吃的食物放到车上。一切都准备妥当，就差羊脂球还没到。终于，她出现了。

她看上去有些难为情，怯生生地朝她的旅伴走去。他们不约而同地把脸别开，仿佛没看见她。伯爵态度凛然地挽着妻子的手臂，不让她跟不干净的人接触。

胖姑娘停住脚步，神情有些困惑。接着，她鼓足勇气，走近纺织厂老板的妻子，态度谦卑地小声说："早上好，太太。"她勉为其难地点下头，还用烈女的眼神鄙夷地瞥了她一眼。每个人似乎都很忙，远远地躲着她，仿佛她的裙子里有传染病。接着，他们急匆匆地上车，她是最后一个上去的，默默地坐到来时的位子上。

大家要么装作没看见她，要么装作不认识她，只有鸟太太鄙视地朝她看去，低声对丈夫说："幸好我没有坐在她旁边！"

沉重的马车动了起来，开始了未完的旅程。

起初，大家一言不发，羊脂球连头都不敢抬。她对这些人的行为感到愤怒，也对自己的让步感到羞愧。正是这些人的虚与委蛇，将她推向了普鲁士军官的怀抱。

很快地，这令人尴尬的沉默就被打破了。伯爵夫人朝卡雷·拉马东太太转过去，问：

"我想，您肯定认识德·埃特莱尔太太吧？"

"没错，她是我的朋友。"

"她是个多么迷人的女人啊！"

"迷人极了！她温柔甜美，知书达理，完全是个艺术家。歌唱得好，画画也很出色。"

纺织厂老板和伯爵也聊得起劲，在车窗震动的嗡嗡声中，偶尔能断断续续地听见他们说：

"息票……溢价……限期……期满……"

鸟先生跟太太玩起了纸牌。纸牌是他从旅馆里顺来的，五年来上过各个没擦干净的桌台，早已满是油垢。

两个修女取下挂在腰带上的一长串念珠，在胸前划上一个十字，接着没完没了地念起来。她们的嘴唇动得越来越快，仿佛在比谁念得更快。她们时不时亲吻一下圣牌，在胸口划一个十字，接着继续往下念，叽里咕噜的，谁也听不懂。

科尔尼代动也不动，不知在想什么。

马车走了三个小时后，鸟先生收起纸牌，说："我饿了。"

鸟太太取出一个用绳子扎好的小纸包，从里头拿出一块冰冻的牛肉。她把牛肉切成薄片，两人就这么吃了起来。

伯爵夫人说："我们也吃吧？"

大家表示同意，她便把为两家准备好的食物打开来。在许多椭圆形的盒子里，有一个盒子的盖子上印着一只陶瓷野兔，里头装着的是一只煮熟的野兔。棕色的兔肉表面淋着鲜嫩多汁的猪油，像是一条条纵横的溪流，中间还点缀着一些剁得很碎的肉末。一大块格吕耶尔干酪包在一张报纸里，油乎乎的干酪表面印着"社会新闻"几个大字。

两个修女也拿出一根蒜香味香肠，科尔尼代把手伸进外套的两只大口袋里，从一边拿出四颗水煮蛋，从另一边拿出一块面包。他把蛋壳剥下来扔在脚边的稻草里，就这么吃了起来，蛋黄的小细屑落在他的大胡子上，好似一颗颗星星坠入其中。

羊脂球早上起得匆忙，什么也没来得及准备。见这些人吃得心安理得，她就气不打一处来。一开始，冲天的怒火令她浑身止不住颤抖；她张了张嘴想痛斥他们，话涌到嘴边却说不出来，喉咙被愤怒给堵住了。

没有人看她一眼，也没有人想着她。她觉得自己快要淹死在这些无耻之徒的鄙视中。他们先是拿她当牺牲品献给敌人，接着又把她像无用的垃圾一样丢弃。这时，她不禁想起了她那只大篮子，盛满了被他们吃掉的美味，那两只裹着冻汁的鸡肉，那些馅饼和梨，还有四瓶波尔多葡萄酒。她的怒火突然就熄灭了，像一根绷得太紧的弦突然断裂，她感觉自己的眼泪就要决堤了。她憋足了劲，努力把呜咽吞进肚子里，但是泪水还是涌了上来，很快就把眼眶给打湿了，几颗大大的泪珠缓缓地流到脸颊上。更多的泪珠冒出来，而且越来越快，像岩石里渗出的水珠似的，接连不断地落在她圆润饱满的胸脯上。她挺着身子，两眼瞪得发直，面色苍白，表情僵硬，希望没人看见。

伯爵夫人发现了，向她的丈夫使了个眼色。伯爵耸了耸肩，似乎是在说："我能怎么办？又不是我的错。"

鸟太太得意地窃笑，小声地说："她是在为自己的羞耻而哭。"

这时，两个修女把吃剩的香肠重新用纸包好，又开始祈祷了。

科尔尼代也吃完了，把长腿伸到对面的长凳底下，身子往后一靠，双手交叉抱在胸前，脸上露出意味深长的笑，像是发现了什么有意思的事儿，用口哨吹起了《马赛曲》[①]来。

所有人面色一沉，显然并不想听到这首歌。他们开始心情烦躁，焦虑不安，像是听见了手摇风琴的猎犬，马上就要狂躁地吠起来。科尔尼代看出了他们的不安，反而吹得更加起劲，还把歌词也哼出来了：

祖国神圣的爱，
请领导我们复仇！
自由，亲爱的自由，
和保卫者同战斗！

雪地变得坚硬了，马车跑得更快了。在前往迪耶普的路上，在沉闷漫长的旅途中，在一路的颠簸中，在苍茫的夜色中，在漆黑的车厢内，他固执地吹着那只单调的复仇之曲，不知疲倦地哼了一遍又一遍，逼得那些困倦而又恼火的人，

---

① 法国国歌。

不得不从头到尾跟着他重温每句歌词。

羊脂球一直在呜呜地哭泣。有时，在黑暗中，在两段歌词的间隙中，会传出一声她没忍住的呜咽。

索瓦热大妈

一

我已经十五年没去过维尔洛涅了。今年秋天的时候，我回到了那里，与我的朋友塞尔瓦一起打猎，这位朋友刚刚重建了他那座被普鲁士人摧毁的城堡。

我热爱那个地方。那是一个令人愉快的角落，让人能够切身感受到它的魅力，使得人们用整个身心去爱它。我们这些容易被自然所吸引的人，每次见到一些泉水、树林、池塘和小山丘，身体里的温柔细胞就会被唤醒，造就的甜蜜的记忆会让人流连忘返。有时，我们的思绪会转回森林的一角，或是河岸的尽头，或是开满鲜花的果园，虽然只在某个晴朗的日子里偶然一瞥，但却在我们的心里留下了深刻的印象，就像春日清晨在街上遇见的一些穿着浅色纱裙的少女，在我们的灵魂和肉体中留下一种难以磨灭的欲望，有一种与美好擦肩而过的幸福感。

在维尔洛涅，我爱着整个乡村，这里的小树林点缀其间，溪流纵横交错，在阳光下闪闪发光，就像一条条血管将鲜血输向大地。你可以在河里钓到小龙虾、鲈鱼和鳗鱼……如果运气不错，你还能在一些地方洗澡，甚至在这些小水道边的高草丛中经常能发现沙锥鸟。

我像山羊一样轻盈地迈着步子，看着我的两只猎犬在我前面奔跑，塞尔瓦在我右边一百米远的地方搜寻着一片苜蓿地。我在索德尔家树林边的灌木丛边转过身来，看到一座破败的茅屋。

恍惚间，我想起了 1869 年我最后一次看到这座茅屋时的样子，那时它是那么整齐干净，爬满了藤蔓，院子里满是家禽。如今它却破败不堪，还有什么比一幢曾经充满生机，而今死气沉沉的房子更让人悲伤呢？

我还记得里面的景象：一天的劳累之后，一位好心的女士请我进屋给了我一杯酒喝，塞尔瓦为我讲述这户人家的过去。那位父亲是个老偷猎者，被宪兵打死了。我曾见过他的儿子，是个高大干练的家伙，也是个凶猛的猎手。人们叫他们“索瓦热”。

那是名字还是昵称呢？

我呼唤塞尔瓦。他迈着长长的步子走了过来，像鹤一样。我问他：

“这家人怎么了？”

他给我讲了下面这段故事。

二

宣战的时候，当时三十三岁的小索瓦热参了军，家里只剩下母亲一人。人们并没有很担心她，因为他们知道这位老妇人的生活并不窘迫。

她一个人待在远离村庄、位于树林边缘的偏僻住所里。不过，她并不害怕，她是一个性格如男人般坚韧的老妇人，高高瘦瘦的，不苟言笑，人们从不和她开玩笑。再说田野里的女人无论如何都很少笑，笑，那好像是男人的事情。她们自己的心胸狭窄，过着忧郁、阴暗的生活。农民们在酒馆里也会有一些喧闹的欢笑，但他们的妻子却总是面容严肃、表情严厉。她们脸上的肌肉仿佛从未学过笑的动作。

索瓦热大妈依旧过着稀松平常的生活。不久，她的小屋就被积雪覆盖了。她每周来村里一次，买一点儿面包和肉，然后就回到她的农舍去。因为听人说有狼在附近出没，她就扛着枪出门——那是她儿子的枪，已经生锈了，枪托也因为与手的长期摩擦而损坏了。她是一个奇怪、有趣的老太太，是个高个子的“野蛮人”，有点儿驼背，在厚厚的雪地上慢悠悠地走着，枪的枪口伸到了黑色帽子的外面，那帽子严实地遮住了她那头谁也没见过的白发。

有一天，一支普鲁士军队来到了这里。他们的住处是根据村民的财产和资源来分配的。其中四名被分配给了老妇人，因为据说她很富有。

他们是四个身材魁梧的小伙子，肤色白皙，留着金色的胡须，眼睛湛蓝，日复一日的疲劳并没有使他们消瘦，他们仍然保持着善良和温柔，即使身处一个被自己打败的国家里。在老妇人家里借住的日子，他们非常懂事，尽可能地为她节省开支，减轻她的疲劳。每个灰蒙蒙的黎明，我们都可以看到他们四个人穿着衬衫袖子在井边洗脸，“哗哗”的水声溅湿了他们北方人的粉白色的皮肤。在索瓦热大妈忙来忙去准备他们的汤时，他们就打扫厨房，擦瓷砖，劈柴，削土豆，干各种家务活，就像围在母亲身边的四个孝子。

但老妇人总是想起自己的儿子，他那么高，那么瘦，鹰钩形的鼻子、棕色的眼睛，浓密的胡须在他的嘴唇上卷出一圈黑毛团。她每天都会挨个儿询问靠在壁炉旁的士兵：“你们知道法国第二十三行军团被派往哪里了吗？我儿子就在那里面。”

他们总是回答说：“抱歉，我们不知道，我们什么也不知道。”他们的母亲也不在身边，他们理解她的痛苦和不安，于是千方百计地在小事上为她提供帮助。其实，她很爱她的四个敌人，因为农民没有多少爱国主义的仇恨情绪，那只属于上层阶级。那些谦卑的人，那些付出最多的人，因为他们贫穷，每一个重担都会把他们压垮；他们有着庞大的群体，所以被大量屠杀，成为真正的炮灰；因为他们最弱小、抵抗力最低，所以遭受了战争最残酷的痛苦。他们根本不理解那些好战的热情，那种慷慨激昂的荣誉感，或者那些在六个月内把两个国家——征服者和被征服者弄得民不聊生的所谓的政治阴谋。

这个地区的人在谈到住在索瓦热大妈家的几个人时都说：

“这四个人像是找到了自己的家。”

一天早晨，当老妇人独自一人待在屋子里时，她发现远处的平原上有一个人向她的住所走来。她很快就认出了他，那是个送信的邮差。他给了她一张折叠好的纸，她从箱子里拿出了做针线活儿时用的眼镜。然后读了起来：

索瓦热夫人：

这封信是要告诉你一个不幸的消息。您的儿子维克多昨天不幸被炸身亡，他的身体几乎被那颗炮弹炸成了两截。我当时就在他附近，我们在连队里就总是站在一起，他曾向我提起过您，告诉我如果他出了什么事，当天就通知您。我拿走了他口袋里的手表，等战争结束后送还给您。

塞萨尔·里沃

第二十三行军团二等兵

信上显示的日期是三周前。

她根本无法流泪，一动不动，四肢在巨大的震撼之下变得麻木了，甚至感受不到痛苦。她只是想：“维克多被杀了。”然后，泪水一点儿一点儿地涌上眼眶，悲伤充斥了她的心。一个接一个可怕的、痛苦的画面在她的脑子里浮现。她再也不能亲吻他了，她的孩子，她的大男孩，再也不能了！宪兵杀死了她的父亲，普鲁士人杀死了她的儿子。他被炮弹炸成了两截。她似乎看到了那一幕，那可怕的一幕：他的头垂了下来，眼睛还睁着，他咬着大胡子的一角，就像他在愤怒的时候经常做的那样。他们后来是怎么处理他的尸体的？会不会把他送回来，就像带回她前额正中有一颗子弹的丈夫一样，把她的儿子还给她！

这时，她听到了一阵嘈杂声。是那几个普鲁士人从村里回来了。她飞快地把信藏在口袋里，来不及擦干眼泪，就以平常的面容，若无其事地迎接他们。

他们四个都十分高兴，因为他们带来了一只上好的肥兔子——大概是偷来的。他们还向老妇人打手势，说待会儿就有好东西吃了。

她马上开始准备午饭，但到杀兔子的时候，她的心就开始难受了。其实这并不是她第一次杀兔子。一个士兵一拳打在兔子耳朵后面，把它打死了。兔子一死，她就剥了那具红色尸体的皮。可是当她触摸到血，沾满她双手的血，那血一开始是热的，她能感觉到它逐渐冷却和凝固了，她从头到脚都在颤抖，因为她的眼前不断闪过她高大的儿子被血淋淋地炸成两半的场景，就像这只仍然在抽搐的动物一样。

她和普鲁士人坐在桌边一起吃饭，但她吃不下，一口也吃不下。他们狼吞虎咽地吃着兔子，丝毫没有在意她。她侧脸看着他们，她面无表情，一声不吭，以至于他们什么也没察觉到。

突然，她说："我们已经一起生活整整一个月了，可我好像还不知道你们的名字。"他们花了些工夫才明白了她的意思，说出了各自的名字。

可是这还不够。她让他们把名字以及自己的家庭住址写在一张纸上，她把眼镜搁在大鼻子上，仔细地看了看那陌生的文字，然后把那张纸折叠起来放进口袋里，压在那封告诉她儿子去世的信的上面。

用餐结束后，她对这几个男人说：

"我要为你们做一点儿事。"

说完她就开始把干草搬进他们睡觉的阁楼里。

他们对她如此费心感到惊讶。她向他们解释说，这样他们就不会那么冷了；于是他们也帮她干了起来。他们把干草垛堆得和稻草屋顶一样高，就这样，他们用草料为自己做了一个四面都是干草的大房间，里面温暖如春，香气扑鼻，他们一定可以在这里睡个美美的觉。

吃晚饭时，他们中的一个人看到索瓦热大妈还是没吃东西，很是担心。她告诉他，她肚子有点疼。然后，她生了一大把火取暖，四个人吃完饭就从梯子上爬到了他们的住处。

他们刚关上活板门，老妇人就搬走了梯子，然后悄无声息地打开了外面的门，又出去搬了许多干草过来，填满了她的厨房。她赤着脚在雪地上走着，轻得听不见一点儿声音。不时地能听到四个士兵酣睡时发出的铿锵而不均匀的鼾声。

当她认为自己的准备工作已经足够充分时，她就把其中一捆干草扔进壁炉，点燃后又把它撒在其他所有的干草捆上。然后她走到外面，观察着周围的动向。

仅仅几秒钟后，整个小屋就被一束耀眼的光芒照亮，接着小屋就变成了一个恐怖的火炉，一个炽热而巨大的火炉，它的强光从狭小的窗口蹿出，在雪地上投射出耀眼的光芒。

接着，从房子顶上传来一阵巨大的哭喊声，继而是一群人所发出的痛苦的、惊恐的呼喊声。最后，房子的活板门坍塌了，一股火旋风射进了阁楼，穿透了稻草屋顶，像巨大的火炬一样冲天而起，整个小屋都燃烧起来。

除了噼噼啪啪的火声、墙壁的破裂声和椽子的倒塌声，再也听不到其他任何声音了。突然，屋顶全塌了下来，燃烧着的房屋躯体向空中喷射出巨大的火花，烟雾弥漫。

银装素裹的田野，在炉火的照耀下，像一块染着红色的银布一样闪闪发光。

远处，钟声开始敲响。

索瓦热大妈站在她那毁坏的住宅前，拿着枪，那把她儿子的枪，生怕有人跑掉。

当她看见大火快要燃尽之时，她把武器扔进了巨大的火盆之中。随即响起一声爆炸声。

人们陆续从四面八方赶来，当地的农民来了，普鲁士人也来了。

他们发现这位妇女坐在一棵树的树干上，神情平静而满足。

一名德国军官操着一口纯正的法语问道："你是什么人？那几个普鲁士军人在哪里？"

她将瘦骨嶙峋的手臂伸向那堆快要熄灭的红色火堆，用有力的声音回答道：

"在那里面！"

人们包围着她。那个军官又问道：

"它是怎么着火的？"

"是我放的火。"

人们都不相信她的话，以为这场突如其来的灾难让她疯了。大家都围着她，听她讲述来龙去脉，她索性从头到尾讲了一遍，从信的到来讲到那些人和她的房子一起被烧毁时的最后一声尖叫，一个细节都没有漏掉。

说完，她从口袋里掏出那两张纸，为了借着最后的火光辨认这两张纸，她又调整了一下眼镜。然后，她拿出一张纸说道：

“这，这一张是维克多的死讯。”她又展开了另一张纸条，指了指红色的废墟，说：“这是他们的名字，你可以写信通知他们家里。”她镇定地把那张纸递给抓着她肩膀的军官，继续说道：“你必须写下事情的经过，并且对他们的母亲说是我干的，我叫维克多瓦尔·西蒙·索瓦热，千万别忘了。”

军官用德语发布了命令。他们抓住了她，把她扔到她家墙边，墙还是热的。然后，十二个士兵在她面前二十米的地方列队。她没有动，她早就明白会是这种后果，她在等待死亡。

一声令下，紧接着是一串长长的枪声。有一声姗姗来迟的枪声是在其他枪声之后响起的。

老妇人并没有倒下。她瘫了下去，就像被人砍断了双腿一样。

普鲁士军官走了过来，她几乎被折成了两段，枯瘦的手里还紧紧攥着沾满鲜血的信。

我的朋友塞尔瓦补充道：“作为报复，德国人摧毁了属于我的城堡。”

我想起了在那所房子里被烧死的四个善良小伙的母亲，想起了这位被射杀在墙边的母亲，她那可畏的英雄壮举。

我随手捡起一块小石头，它依旧保留着被大火熏过的黑色。

米隆老爹

一个月以来，烈日不断炙烤着田野。一片生机在阳光下展开，一望无际的田野郁郁葱葱，蔚蓝的穹苍万里无云。诺曼底人的农场散落在平原上，被四周高大的山毛榉林带包围着，从远处看，就像一片片小树林。但当你凑近一点儿看，推开那些被虫蛀了的木栅栏，你又会觉得自己仿佛置身于一个巨大的花园中，因为所有的老苹果树都像勤劳的农民一般，枝繁叶茂，悄然绽放着花朵。花朵的芬芳与泥土的沉重气息和马厩的刺鼻气味交织在一起。厩肥堆上有一群母鸡正在觅食。

时值中午，一家人正在门前一棵梨树的树荫下吃饭：父亲、母亲、四个孩子和两个女帮工及三个男帮工。所有人都安静地吃着饭。汤喝完了，又端上来一盘用熏肉炒的土豆。

不时有一位女帮工站起来，拿着酒壶到地窖去取更多的苹果酒过来。

男主人是个四十岁左右的大块头，他正在观察一株葡萄藤，它光秃秃的，像蛇一样沿着房子的一侧蜿蜒曲折。

他终于开口说话："父亲的葡萄树今年发芽发得早，也许我们快要看到果实了。"

女人也转过身来，一言不发地看着那株葡萄树。

这棵葡萄树正好种在他们的父亲被枪杀的地方。

那是在 1870 年战争期间发生的事情。当时普鲁士人占领了整个诺曼底地区。费德尔布将军率领北方军队与他们顽强对抗。

普鲁士人的总部就建在这个农场里。上了年纪的农场主叫皮埃尔·米隆，人们都叫他米隆老爹，他尽其所能地接待和安置了他们。

一个月以来，德军前锋一直在这个村子里。法军在十法里以外按兵不动；然而，每天晚上普方都会有一些骑兵失踪。

所有被派往前哨站的侦察兵，只要是不超过三个人的小组，从来都是有去无回。

第二天早上，他们的尸体就会在田野或沟渠里被发现。甚至连他们的马也被人发现被刀割断了喉咙，倒在大路上。

这些谋杀案似乎是同一伙人干的，可就是没法找到凶手。

普鲁士人在当地实行了恐怖的镇压策略。许多农民因涉嫌谋杀案而被枪杀，许多妇女被监禁，他们甚至恐吓儿童以此来获取线索，结果还是一无所获。

然而，一天早上，人们突然发现米隆老爹躺在他的马厩里，脸上有一道刀伤。

而在距离农场约三公里外发现了两名骑兵的尸体。其中一人手里还握着带血的兵刃。可见他曾经战斗过，试图自卫。军事法庭立即在农场前的空地上举行了审判。米隆老爹被押到了法庭上。

他那年六十八岁，身材瘦小，有点儿驼背，两只大手像螃蟹的爪子。他的头发已经没有了光泽，稀稀疏疏，像小鸭子的绒毛一样又细又软，头皮斑斑驳驳。脖子上的棕色皱纹显露出粗大的血管，这些血管消失在他的下巴后面，又在太阳穴处显露出来。当地的人大多认为他是个吝啬且难以相处的人。

他们让他站在从厨房拖出的一张桌子前面，四个士兵在他身旁看管着他。五个军官和一位上校坐在他对面。

上校用法语说道：

“米隆老爹，自从我们来到这里，就对您赞不绝口。您一直对我们彬彬有礼，甚至无微不至。但今天，这个可怕的指控笼罩着你，我想有必要弄清楚这件事——你脸上的伤是怎么来的？”

这个农民什么也没回答。

上校继续说道：

“你的沉默将会加强对你的控告，米隆老爹，不过我希望你回答我的问题，你明白吗？你知道是谁杀了今天早上在十字架附近被发现的那两个骑兵吗？”

老人斩钉截铁地回答道：

“是我。”

上校大吃一惊，他沉默了一会儿，目光直直地看着犯人。米隆老爹无动于衷地站着，带着农民特有的憨厚与木讷，眼睛低垂着，好像在和神父说话。只有不停地吞咽唾液这一点透露出他的不安，他的喉咙收缩得厉害，很是费劲地一口接着一口地咽着唾沫。

他的家人：儿子吉恩、儿媳和两个孙子站在他身后十步远的地方，不知所措，惊恐万分。

上校继续说道：

“那么你知道这一个月来，每天早晨在野外被发现的那些侦察兵都是谁杀的吗？”

老人依旧用那木然的眼神回答道：

“是我。”

“你把他们都杀了？”

“没错，是的。”

“你一个人杀的？”

“嗯，我一个人干的。”

“告诉我，你是怎么做到的。”

这一次，这个男人心中似乎有点儿慌了，因为他不得不说很长的一段话，这件事让他感到为难。他结结巴巴地说：

“我不知道！但就是我杀了他们！”

上校继续逼问：

“我警告你，你必须告诉我一切事情。你最好马上讲出来。你到底是怎么开始的？”

老汉向紧跟在他身后的家人投去了不安的目光。他又犹豫了一会儿，然后突然下定决心开始叙述：

“你们来的第二天晚上十点左右，我正准备回家。你和你的士兵从我这里抢走了价值超过五十埃居的草料，还有一头牛和两只羊。当时我对自己说：‘他们从你这里拿走多少，你就要让他们赔偿多少。’我又想到了其他事情，一会儿再告诉你们。先说那天晚上，我注意到你们的一个士兵正在谷仓后面的沟渠边抽烟斗。我就去拿了镰刀，慢慢爬到他身后，这样他就听不到一点儿声音了。他还没来得及说话，‘嘭！’，我就一刀割掉了他的头，就像割麦穗一样。如果你去池塘底看看，就会发现他被绑在一个装土豆的袋子里，袋子上还绑着一块石头。

“我突然有了一个主意，我把他所有的衣服，从头到脚都脱了下来，藏在院子后面的小树林里。”

老人停了下来。军官们面面相觑，一言不发。过了一会儿，审问才继续进行，他们了解到了以下这些情况。

第一次谋杀一旦发生，这个人就只有一个念头，杀死普鲁士人！他怀着农民那种贪婪而又爱国的盲目而强烈的仇恨。正如他所说，他有自己的主意。他为此等了好几天。

他被允许来去自由，因为他对入侵者表现得如此谦卑、顺从和恭顺。每天晚上，他都能看到前哨部队离开。一天晚上，他听说了这些人要去的村庄的名字。通过与士兵们的交往，他已经学会了计划所需的几句德语，于是便跟着他们走了。

他从后院离开，溜进树林，找到藏在那里的死者的衣服穿上。然后，他开始在田野里爬行，沿着树篱匍匐前进，以避开人们的视线，他倾听微弱的响动，像偷猎者一样警惕。

等到时机一成熟，他就走到路边，躲在灌木丛后面。他静静地等待，终于，在接近午夜的时候，他听到了马蹄的声音。他把耳朵贴在地上，确定了只有一个骑兵正在靠近，就做好了准备。

一名骑兵背着补给飞奔而来。他一路上眼观四路，耳听八方。当他离米隆老爹只有十步远时，米隆老爹拖着疲惫的身躯，呻吟着穿过马路："Hilfe！ Hilfe！"（救命啊！救命啊！）骑兵停了下来，他认出这是个德国人，以为他受了伤，便下了马，毫不怀疑地走近他，就在他朝那个不知名的人弯下身子时，他的腹部被马刀长长的弯刃重重地刺了一刀。他毫无声息地倒下了，只是在最后的阵痛中颤抖着。

然后，老农带着无声的喜悦，再次站起来，为了自己的快感，又割断了死者的喉咙。接着，他把尸体拖到水沟边，扔进了水里。马儿静静地等待着主人。米隆老爹骑上它，开始在平原上驰骋。

大约一小时后，他发现又有两个骑兵并驾齐驱。他骑马直奔他们，再次喊道："Hilfe！ Hilfe！"

普鲁士人认出了他的军装，也毫不犹豫地让他靠近。老人像炮弹一样从他们中间穿过，一手用军刀，一手用左轮手枪，把他们两个都干掉了。

然后他把马也宰掉了，因为那是德国人的马！之后，他迅速返回树林，把其中一匹马藏了起来。他把军装留在那里，又换上了自己的旧衣服；接着回到家里，上床一觉睡到了天亮。此后他有四天没有出门，直到侦察结束。但在第五天，他又出门了，用同样的计策再次杀死了两名士兵。从那时起，他就没有停止过。每天晚上，他都四处游荡，寻找下手的机会，有时在这里，有时在那里，杀死几个普鲁士人，他披星戴月，在荒野上纵横驰骋，像一个孤胆猎人。每一次，老农夫完成了任务，就沿路留下躺着的尸体，回来藏起他的马和制服。

快到中午时，他就悄悄地去给他藏起来的坐骑送燕麦和水，他把它喂得很好，因为他需要它做大量的工作。

但是，前一天晚上，被他袭击的人中，有一个在自卫时用马刀划伤了这个老农民的脸.

不过，他还是把那两个人都杀掉了。他回来把马藏好，重新穿上破旧的衣服。只是当他走到家门口时，他开始感到眩晕，怎么也走不到家门口，只能拖着疲惫的身体勉强走到马厩。

于是人们发现他躺在稻草上，浑身是血……

当他讲完故事后，突然抬起头，骄傲地看着普鲁士军官们。

捻着胡子的上校问道：

“你没有其他要说的吗？”

“没有了，我已经完成了我的任务，我一共杀了十六个人，一个不多，一个不少……”

“你知道你即将被处死吗？”

“我并没有求饶。”

“你当过兵吗？”

“是的，我服过役。你杀了我的父亲，他是拿破仑一世的一名士兵。上个月，你在埃夫勒附近又杀了我的小儿子弗朗索瓦。我们之间有几条人命的债，我已经还完了，所以现在我们谁也不欠谁了。”

军官们面面相觑。

老人继续说道：

“八个是为我父亲而杀的，八个是为了我的孩子，我们两不相欠了。我不想和你们作对。我根本不认识你们。我甚至不知道你们是从哪里来的，可你们却在我家里对我发号施令，就好像我的家是你们自己的一样，所以我在那些骑兵身上报了仇，但是我一点儿也不后悔。”

老人挺直了弯曲的脊背，双手交叉在胸前，一副谦虚的英雄姿态。

普鲁士人低声交谈了很久。其中有一个上校正在为这个高尚的可怜虫辩护，他上个月也失去了儿子。这时，上校站了起来，走近米隆老爹，低声说道：

“听着，老头，也许有一个办法能救你的命，那就是……”

但老爹并没有听进去，他的眼睛紧紧盯着那个可恨的军官，风吹动着他头上的绒毛般的细发，他扭曲着被砍伤的脸，露出异常可怕的表情，他挺起胸膛，鼓足气，使出全身的劲儿朝普鲁士人的脸上啐了一口。

上校怒气冲冲地举起手，老农又朝他脸上吐了一口唾沫。

所有的军官都不约而同地跳了起来，同时高声喊着，下着命令。

在不到一分钟的时间里，这个始终镇定自若的老头就被推到墙边枪杀了，他在咽气前还笑眯眯地看着他的大儿子、儿媳和两个孙子，他们目睹了这一幕，悲痛无以言表。

两个朋友

被重重包围的巴黎陷入了饥荒。就连屋顶上的麻雀和下水道里的老鼠也越来越少了。人们吃着一切他们能够得到的东西。

莫里索先生，一个职业钟表匠，也变得游手好闲了起来。那是一月份的一个明媚的早晨，他双手插兜，肚子空空地在林荫大道上漫步，突然迎面走来一位熟人——索瓦热先生，这是他的一位渔民朋友。

战争爆发前，每个星期天的早上，莫里索都会手持一根竹竿，背着一个锡盒出发。他乘坐开往阿尔让特依的火车，在哥隆布下车，然后步行前往玛朗特岛。每每到了这个梦寐以求的地方，他就会立刻开始钓鱼，一直到夜幕降临。

每个星期天，他都会在这个地方遇到索瓦热先生，他是一个开朗的胖子，是一个热心的渔民。他还在洛莱特圣母院街开了一个服装店。两人常常手持鱼竿，脚踏水花，并肩度过半天的时光，他们就这样建立起了深厚的友谊……

他们有时沉默，有时闲聊。不过他们即使一言不发，也能完全理解对方，因为他们有着相似的品位和情感。

春天，大约上午十点钟，太阳初升，水面上飘起淡淡的薄雾，新春的暖意温柔地抚摸着两位热心垂钓者的后背。有时，莫里索会对旁边的朋友说：

“哎呀，这里真舒服。”

而对方会回答说：

“没有比这更舒服的了！”

这几句话就足以让他们相互理解和欣赏了。

秋天，天快黑的时候，夕阳在西边的天空洒下血红的光辉，深红色云彩的倒影染红了整条河流，给这两位朋友的脸上增添了光彩，也给树叶镀上了金色，树叶已经在冬天的第一缕寒意中开始变黄。此情此景，索瓦热先生会微笑地看着莫里索说：

“多么壮观的景色啊！”

而莫里索则目不转睛地盯着他的浮子回答道：

“这里比林荫大道美多了，不是吗？”

他们一认出对方，就亲切地握手，可以想到，能在如此不同的环境下见面，他们都很激动。

索瓦热先生叹了口气，喃喃说道：

“这是一个悲伤的时代！”

莫里索沉痛地摇了摇头。

“天气真好，这是今年的第一个好天气。”

天空的确是湛蓝明亮，万里无云。

他们充满悲伤，心事重重地并肩而行。

“想想钓鱼！”莫里索说，“我们曾经有过多么美好的时光啊！”

索瓦热先生问道："我们什么时候才能再去钓鱼呢？"

他们走进了一家小咖啡馆，一起喝了一杯苦艾酒，然后继续沿着人行道散步。

莫里索突然停了下来。

他说："我们再喝一杯苦艾酒吧？"

"如果您愿意的话。"索瓦热先生同意道。

他们又走进了另一家酒铺。

由于空腹饮酒，他们出来时有些站不稳。天气晴朗温和，微风轻拂着他们的脸庞。

新鲜的空气让索瓦热先生的酒劲完全消失了。他突然停了下来，说道：

"我们现在就去？"

"哪里？"

"当然是钓鱼！"

"但是去哪里钓呢？"

"当然是老地方，法军前哨就在哥隆布附近，我认识杜穆兰上校，我们很容易就能得到通行许可。"

莫里索因渴望而颤抖不已：

"很好，我同意，我非常同意！"

他们便分头去拿钓竿和钓线。

一小时后，他们已经并肩走在公路上。很快，他们来到了上校居住的别墅。上校微笑着答应了他们的请求。他们拿到了通行证，便继续往前走。

很快，他们就离开了哨所，穿过荒凉的哥隆布，来到塞纳河边的小葡萄园外围。当时大约是十一点钟。

在他们面前的是阿尔让特依村，显然这里毫无生气。奥热蒙和萨努瓦的高地占据了整个地貌。一直延伸到南泰尔的大平原上，远远望去，这里空空荡荡，一片荒芜，到处是颜色暗淡的土壤和光秃秃的樱桃树……

索瓦热先生指着高地喃喃自语：

“普鲁士人就在那边！”

看到这个荒芜的国度，两位朋友心中隐隐约约有些恐惧。

普鲁士人！他们还从未见过普鲁士人，但在过去的几个月里，他们已经感觉到普鲁士人就在巴黎附近——他们在蹂躏着法国，掠夺，屠杀，使法国人忍饥挨饿。一种近乎迷信般的恐惧与他们对这个未知的战胜国的仇恨交织在一起。

莫里索说：“假如我们遇上他们了呢？”

索瓦热先生回答说：“那我们就请他们吃一顿鱼。”他带着巴黎人特有的幽默感，没有什么能完全浇灭这种轻松。

不过，他们还是犹豫不决，不敢在开阔的土地上露面，因为他们被周围一片寂静所包围着。

最后，索瓦奇先生大胆地说道：

“来吧，我们继续前进，只是要小心点！”

他们穿过一片葡萄园，弯着腰，匍匐在葡萄树下，眼观六路，耳听八方。

在到达河岸之前，他们还要穿过一片光秃秃的土地。他们跑过这条路，一到水边，就把自己藏在干枯的芦苇丛中。

莫里索把耳朵贴在地面上，想尽可能确定是否有脚步声向他们走来。他什么也没听到。这里肯定只有他们。

于是他们放下心来，开始捕鱼。

荒凉的玛朗特岛挡在他们面前，将他们与更远的海岸隔开。岛上的小餐馆关着门，看起来好像已经荒废了多年。

索瓦热先生钓到了第一条鳕鱼，莫里索先生接着钓到了第二条，几乎每隔一会儿，就会有一个人扬起鱼线，而鱼线的末端都会有一条闪着银光的小鱼在蠕动。他们玩得非常开心。

他们把捕到的鱼轻轻地放进脚边的一个密实的网兜里。他们满心欢喜，再次沉浸在被剥夺已久，又失而复得的消遣的喜悦中。

温暖的阳光洒在他们的背上，他们什么也听不见，什么也不想。他们忽略了世界上的其他事物，专注地钓鱼。

但突然，一阵仿佛来自地底的隆隆声震动了他们脚下的土地：大炮又开始轰鸣了。

莫里索转过头，可以看到河岸左侧的瓦莱利昂山的轮廓，它的山顶冒出一股白烟。

下一秒，第二股烟雾紧随第一股烟雾而来，顷刻间，新的爆炸声令大地再次颤抖。

炮声接二连三，每一分一秒，山体都散发出致命的气息和白色的烟雾，缓缓升入宁静的天堂，飘浮在悬崖顶上。

索瓦热先生耸了耸肩，

“他们又来了！”他说。

莫里索正焦急地注视着他的浮子上下晃动。突然，这个性格平和的人，对正在开火的战争疯子感到愤怒和不耐烦，他气愤地说道：

“他们真是傻瓜，竟然这样自相残杀！”

索瓦热先生回答说：“他们连畜生都不如。”

而莫里索刚刚捕捉到一只银鲤，他说道：

“想想看，只要政府存在，就一直会是这种情况！”

“不过共和国是不会宣战的。”索瓦热先生插话道。

莫里索打断了他的话：

“在国王的统治下，我们有对外战争；在共和国统治下，我们有内战。”

两人开始以温和、实事求是的大多数人所持的态度平和地讨论政治问题，最后他们在这一点上达成了一致：他们永远不会获得自由。瓦莱利昂山不停地发出雷鸣般的巨响，炮弹摧毁了法国人的房屋，把人们的生命碾成粉末，摧毁了许多梦想、许多珍视的希望以及许多未来的幸福；无情地给他乡的妻子女儿、母亲带来无尽的悲哀和痛苦……

“这就是生活！”索瓦热先生感慨地说。

“确切地说，这就是死亡！”莫里索笑着回答。

但他们突然听到身后有脚步声，吓得一哆嗦，他们转过身来，发现近在咫尺的是四个身材高大、满脸络腮胡子的人。四人皆穿着仆人的衣服，头上戴着平顶帽，正用步枪抵着他们。

两根鱼竿从他们的手中滑落，顺着河水漂走了。

短短几秒，他们就被抓住、捆起来、扔上了船，并被带到了对面的岛上。

而在他们以为已经荒废的房子后面，大约有几十名德国士兵。

一个蓬头垢面的巨人坐在椅子上，抽着长长的土烟斗，用流利的法语向他们问道：

“先生们，你们钓鱼的运气好吗？”

然后，一名士兵把装满鱼的网兜放在军官脚下，这是他特意带来的。普鲁士军官笑了：

“不错，我明白了。不过我们还有别的事要谈。听我说，不用紧张。你们可能明白了，在我眼里，你们是两个被派来侦察我的行动的间谍。自然而然地，我抓住了你们，也应该枪毙你们。你们假装钓鱼，是为了掩盖真正的任务。你们落入了我的手中，也是活该。这就是战争。但你们是通过前哨站来的，肯定有一个返回的口令，告诉我口令，我就放你们走。”

两位朋友面如死灰，默默地并肩站在一起，只有微微颤动的双手透露出他们的恐惧。

“没有人会知道的，”军官继续说，“你们将平安地返回自己的家园，秘密也将随之消失。如果你们拒绝，那就意味着死亡——立即死亡。由你们选择！”

他们一动不动地站着，没有开口。

普鲁士军官非常平静，继续向前走，向河边伸出手：

“想想看，五分钟后你们就会沉入水底。仅仅五分钟！我猜，你们还有亲人吧？”

瓦莱利昂山依然雷声轰鸣。

两个朋友始终保持沉默。那个普鲁士军官转过身，用自己的语言下达了命令。然后，他把椅子挪开了一点，让自己离俘虏不那么近，十几个人走了过来，手持步枪，在二十步开外的地方摆好了阵势。

“我给你们一分钟，”军官说，“一秒也不会再多。”

然后，他迅速站起身，走到那两个法国人身边，拉着莫里索的胳膊，把他拉到一边，低声说道：

“快说！口令！你的朋友什么都不会知道，然后我会假装松手。”

莫里索先生一言不发。

然后，普鲁士人以同样的方式把索瓦热先生拉到一边，向他提出了同样的问题。

索瓦热先生没有回答。

他们再次并肩而立。

军官开始下达命令，士兵们举起步枪。

不经意间，莫里索的目光落在了离他几英尺远的，在草地上躺着的装满鳕鱼的网兜上。

一缕阳光让还在颤抖的鱼儿闪烁着银光。莫里索的心沉了下去。尽管他极力克制，但眼中还是充满了泪水。

“再见，索瓦热先生。”他结结巴巴地说。

“再见，莫里索先生。”索瓦热回答道。

他们握着手，从头到脚都在颤抖，已经无法控制自己的恐惧了。

军官大喊道：

“开火！”

十二声枪声同时响起。

索瓦热先生瞬间向前倒去。莫里索的个子较高，他微微摇晃了一下，横倒在他的朋友面前，脸朝上，鲜血从他大衣胸前的裂口处渗出。

普鲁士军官发布了新的命令。

他的手下散开了，很快又带着绳子和大石头回来了。他们把绳子和大石头绑在两个朋友的脚上，然后把他们抬到河岸上。

瓦莱利昂山的山顶已被烟雾笼罩，但炮火声依然不绝于耳。

两名士兵抓住莫里索的头和脚，另外两名士兵也抓住了索瓦热。他们的尸体被强壮的手有力地摆动着，抛向远处，划过一道弧线后，双脚朝前跌入溪流中。

河面水花四溅，泛起泡沫，随即变得平静。细小的浪花扩散着，直到拍打到海岸。

河面上漂起几道血痕。

那个军官自始至终都很冷静，他冷幽默地说：

“现在轮到鱼儿们了！”

然后，他又返回了房子里。

突然，他看到了那张被遗忘在草丛中的装满鳕鱼的网。他把网捡起来，仔细端详了一番，微微笑着，叫道：

“威廉！”

一名系着白围裙的士兵应召而来，普鲁士人将两名被害者的捕获物扔给他，然后说道：

“趁这些鱼还活着，马上煎给我吃，它们肯定是一道美味佳肴。”

然后，他又继续抽起了烟斗。